FABBRI
EDITORI

Pubblicato in Italia per

FABBRI EDITORI

da Mondadori Libri S.p.A.

Prima edizione: aprile 2022
Testi di Antonietta Lupo
Illustrazioni di Giulia Monti

ISBN 978-88-915-8644-5

Progetto grafico e redazione: studio pym / Milano

Glitter & Candy

La stagione dei sogni

FABBRI EDITORI

PROLOGO

«Non mi abituerò mai a questa vista» esclamò Glitter, gli occhi celesti pieni di meraviglia. Lei e Candy attendevano sulla soglia di una grande villa di Moon Town, la parte più ricca della loro città, Rainbow City.

Il panorama che le si apriva davanti e che la riempiva di stupore era il giardino di villa Seashelle. Le sembrava immenso e di lì a poco la primavera lo avrebbe reso ancora più incantevole. Alcune rose avevano resistito al gelo dell'inverno e sembravano

gemme preziose incastonate in archi di siepi. A interrompere l'assoluto silenzio di quel luogo c'era solo il lento scrosciare di una fontana.

Il sole del primo pomeriggio splendeva sugli strass che decoravano il vestito della ragazza e sul fiocco viola che portava fra i capelli, e inondava la grande porta d'entrata di tanti piccoli bagliori luminosi.

«Sembrano fatine! Forse sono giunte fin qui per recuperare i tesori del loro popolo rinchiusi in questa villa...» esclamò Candy mentre sfiorava con le dita quei riflessi di luce. Era proprio da Candy, vedere magia e storie fantastiche ovunque si posasse il suo dolcissimo sguardo.

«Be', di sicuro lì dentro troverebbero montagne di tesori...» commentò l'amica, sorridendo.

Glitter non aveva la sconfinata immaginazione di Candy, ma le piaceva il modo in cui la sua migliore amica guardava il mondo.

Pochi istanti più tardi dall'ingresso sbucò un naso aquilino su cui poggiava un paio di minuscoli occhiali tondi.

Quando la porta fu del tutto aperta, le due ragazze si ritrovarono davanti ai piccoli occhi malefici di Gertrude, la governante di casa Seashelle, dimora della loro amica Marine. Non doveva essere molto vecchia, ma Candy e Glitter non si sarebbero meravigliate se un giorno avesse rivelato loro di aver sorseggiato un tè con i faraoni dell'antico Egitto.

«Buongiorno, perdonate l'atteza. La zignorina Marine è in un momento delicato» esordì Gertrude in tono solenne, la schiena dritta come un albero di betulla.

«Sì, lo sappiamo... Siamo qui per questo» rispose timidamente Glitter, spostando una ciocca dei suoi lunghi e setosi capelli rossi.

«Pronto intervento Unicorn Squad, al vostro servizio!» intervenne Candy, decisamente meno impacciata di Glitter. Detto ciò si esibì in un profondo inchino, durante il quale il corno di unicorno sul suo cerchietto andò quasi a colpire il naso di Gertrude, che indietreggiò scansando l'attacco. La governante squadrò le ragazze dalla testa ai piedi: non le erano mai andate molto a genio quelle due amiche della sua amata Marine, le trovava strambe e non all'altezza di una futura nobile signorina. Insomma, una se ne andava in giro con un cerchietto assurdo, non stava mai zitta e blaterava sempre di fate, unicorni e streghe cattive; quanto all'altra, era troppo timida e goffa, a Gertrude non piacevano le sue lentiggini e odiava il fatto che brillasse come un set di argenteria appena lucidato. Suo malgrado, le invitò

a entrare, non senza una smorfia di disappunto.

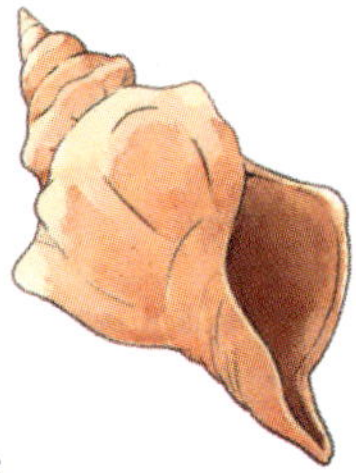

L'interno della villa era esattamente quello che ci si poteva aspettare da una dimora di tali dimensioni: sulle pareti si aprivano giganteschi finestroni da cui la luce entrava per stiracchiarsi sul lucido pavimento in marmo o per attorcigliarsi sulle alte colonne che ritmavano corridoi e stanze, e dai soffitti pendevano enormi lampadari di cristallo, simili a piccole cascate d'acqua di mille colori. Come sempre, Glitter li osservava a bocca aperta.

Candy, al contrario, non sembrava particolarmente a suo agio in quella casa. Certo, era bella, era grande, piena di fiori e quadri e di tutto ciò che una ragazza della loro età potesse desiderare: una sala cinema, una spa personale... Eppure, il suo istinto da detective le diceva che in quella villa c'era un che di triste.

Mentre, guidate da Gertrude, salivano lo scalone di accesso al piano superiore, la ragazza si rese conto che qualcosa la infastidiva particolarmente: il silenzio. Un silenzio che però fu presto rotto da singhiozzi e urla starnazzanti provenienti dalla camera di Marine.

«Per tutti gli strass! È così grave?!» domandò Glitter, sgranando gli occhi.

«Gravizzimo» rispose la governante, seria. Poi bussò alla porta della stanza con due tocchi secchi.

«Amiche mie!!!» urlò Marine tra le lacrime, gettandosi fra le braccia di Glitter.

«Ok, forse ho capito male. Credevo fossimo qui per aiutarti a scegliere l'outfit per questa sera... Che cosa è successo???» domandò Candy, preoccupata.

«Io... Io...» balbettò l'altra, tirando su col naso.

Raramente le due amiche avevano visto Marine in quelle condizioni. Era ancora in pigiama – un pigiama di pura seta, s'intende –, i suoi morbidi capelli verde acqua erano tutti arruffati e aveva il viso rigato di lacrime.

«Io... non ho niente da mettermi!!!» rispose infine, tutto d'un fiato, con il volto fra le mani.

Candy lanciò un'occhiata sconcertata a Glitter.

«Ze la zignorina Marine dice di non avere niente da metterzi, allora è cozì!» le bacchettò Gertrude, indovinando i loro pensieri.

«Certo, certo, le crediamo. Marine, ho portato la valigetta con tutto l'occorrente per cucire, ti prometto che entro questa sera avrai un outfit bellissimo e originale!» Glitter aveva una grande passione per la moda e sognava di diventare una famosa stilista: nessuno meglio di lei avrebbe potuto rimodernare un abito e dargli nuova vita.

«Siete la mia salvezza! Purtroppo la Boutique di Madame Chic la domenica è chiusa e non saprei proprio dove trovare un abito adatto alla mia nobile persona. Venite...» ribatté l'amica, fra un singhiozzo e un sorriso.

La stanza di Marine era degna di una principessa dei sette mari, con letto a conchiglia e tutto il resto,

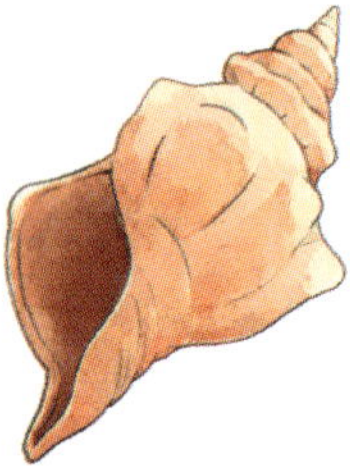

ma quel giorno non se ne vedeva granché, dal momento che era tappezzata di abiti, gonne, pantaloni e borse. Il pavimento era un groviglio di stoffe e dal lampadario pendevano dei calzini.

Le ragazze rimasero sbalordite, c'erano più vestiti là dentro che in tutto il centro commerciale di Rainbow City! Dovettero raccogliere tutta la pazienza che avevano per non voltare le spalle a Marine e andare a prendersi un bel gelato; dopotutto la conoscevano: era fatta così e non avrebbero potuto farci niente. La loro amica non era mai soddisfatta, anche se ciò che possedeva era il meglio che si potesse avere. Per lei, un abito andava fuori moda il giorno dopo averlo indossato, e una borsa che fino a due ore prima aveva desiderato con tanto ardore una volta acquistata non le piaceva più. Per sua fortuna il padre era ricchissimo e poteva permettersi di assecondare ogni suo capriccio. Anzi, per lui acquistare tutto quello che la figlia voleva era una dimostrazione d'affetto.

Rinfrancata dall'arrivo di Glitter e Candy, Marine si diede finalmente una sistemata: si vestì, si truccò e si mise all'opera insieme alle amiche.

Passarono un paio d'ore e, mentre Gertrude sistemava la camera e riponeva nella cabina armadio tutti i vestiti sparsi in giro, le tre ragazze lavoravano a un nuovo outfit riutilizzando "vecchi" abiti, stese sul pavimento, ormai sgombro di indumenti.

Improvvisamente Candy balzò in piedi e urlò: «Si può fare!!! Muahahah!».

Le altre la fissarono, sollevando un sopracciglio.

«È una citazione di *Frankenstein Junior*, ragazze! Questo vestito sembra il mostro di Frankenstein!» spiegò Candy.

«Oh, diamanti del cielo! Non ti piace? Lo trovi orribile?» domandò Marine, in preda al panico.

Candy alzò gli occhi al cielo.

«Ma no! È bellissimo, solo che è fatto con tanti pezzi di altri vestiti, come il mostro... Oh, lasciamo stare!»

D'un tratto si udì un tuono.

«Oh, no! La pioggia no! Gertrude, di' al meteo di non farsi venire strane idee, o non potremo andare al Luna Park delle Stelle Cadenti!» ordinò Marine. Stava quasi per mettersi di nuovo a piangere: tutta quella fatica per realizzare l'abito per la serata e non avrebbe nemmeno potuto indossarlo?

«Ehm... a dire il vero era il mio stomaco» rivelò Candy. «Voi non avete fame?»

Pochi minuti più tardi, la ragazza scese nelle cucine con Gertrude. Glitter e Marine non potevano staccarsi dall'abito o non l'avrebbero finito in tempo, e lei non si fidava molto

delle scelte culinarie della governante, non voleva certo ritrovarsi a fare merenda con fegato d'oca!

Gertrude, per fortuna, le preparò del pane imburrato e le porse un vasetto di marmellata. Guardandosi intorno Candy notò che la dispensa ne era piena: c'erano confetture di tutti i tipi e per tutti i gusti.

«Wow! Deve piacervi molto la marmellata» osservò, divorando la sua fetta di pane e indicando la scorta di barattoli.

Davanti a quel commento Gertrude si incupì. Candy avrebbe giurato di aver visto i suoi occhi riempirsi di lacrime e decise quindi di indagare. Pose le domande giuste con gentilezza, come solo una vera detective sa fare, e alla fine Gertrude parlò. Le raccontò della madre di Marine e di come non fosse rimasta traccia di lei in quella casa, se non nel sapore e nel profumo di quelle marmellate...

1

UN FUTURO "ROSA E DIAMANTI"

Mentre Daisy sorseggiava il suo tè e leggeva con attenzione il libro *Guida pratica ai metodi di divinazione*, la porta della pasticceria si aprì e sulla soglia comparve Melanie.

«E quello da dove sbuca? Da Hogwarts?» domandò la nuova arrivata, prendendo posto accanto all'amica. Quindi aggiunse: «Temevo di essere in ritardo, dove sono le altre?».

«Ad aiutare Marine con l'outfit di questa sera, immaginavo avrebbero tardato. Tu, piuttosto: bello l'abito che indossi.

Da quando frequenti la scuola d'arte hai uno stile molto originale. Certo, il nero non lo batte nessuno, ma ammetto che il colore ti dona...» rispose Daisy, senza staccare gli occhi dal libro.

E aveva ragione. Melanie, dopo il suo viaggio a Parigi, aveva ritrovato l'amore per l'arte e ora, invece di passare intere giornate a sgobbare su materie che non le interessavano, studiava all'Accademia e disegnava quasi tutto il giorno. Non vestiva più solo di bianco e nero, ora i suoi look erano stravaganti e, soprattutto, colorati.

La ragazza ringraziò Daisy con un sorriso, poi esclamò: «Eccole!». Tre amiche stavano attraversando la strada. Era impossibile non notarle, erano allegre, pimpanti e... luccicanti!

La Unicorn Squad ora era al completo, riunita al solito tavolo della Pasticceria da Alice, il loro posto preferito. Alice e Ari, le due pasticciere, sfornavano dolci deliziosi e preparavano frullati in alte coppe di vetro che decoravano con caramelle e zuccherini. Quella sera però Candy non ordinò il solito frappè Unicorno, voleva lasciare il posto alle frittelle stellate, allo zucchero

filatoso fluffoso e alle altre leccornie offerte dal Luna Park delle Stelle Cadenti. Così Daisy finì il suo tè, tutte si complimentarono con Glitter per il bellissimo abito di Marine e insieme si avviarono.

Il luna park era più magico di quanto si aspettassero... C'erano attrazioni per tutte le età: montagne russe, una casa infestata, il tunnel degli innamorati e bancarelle traboccanti di dolciumi. L'aria era carica del profumo di zucchero filato.

«Mi ricorda la mia festa di Halloween dell'anno scorso... Certo, la mia era più bella» commentò Marine, orgogliosa. Oltre ai festeggiamenti però ripensò anche al modo in cui lei e Melanie avevano trattato Candy, umiliandola e prendendola in giro. A quel tempo la Unicorn Squad era andata in frantumi e Candy subiva le angherie delle ex amiche. Per fortuna, questa sarebbe stata una serata ben diversa.

«Mio piccolo unicorno!» esclamò un ragazzo mingherlino dai capelli rossi, avvicinandosi alle amiche. Portava in braccio un sacchetto pieno di dolci come fosse un neonato infagottato.

«Oh, eccoti, Jimmy-puccio! Vedo che hai già pensato alle cose importanti! Ecco perché sei il mio fidanzato!» Candy gli diede un bacio, si appropriò del sacchetto e iniziò a gustare qualche caramella.

Anche Jimmy era lì con il suo gruppo di amici: gli R-Boys, di cui facevano parte Claudio, Gennarino e Mike. Quest'ultimo era taciturno e decisamente il meno entusiasta di tutti, quella sera. Non amava i luoghi affollati, a meno che non fossero dei concerti rock.

Lui e Glitter si scambiarono uno sguardo imbarazzato, non stavano più insieme da un po' di tempo e non si erano ancora abituati alla cosa. Nemmeno i loro amici si erano abituati, anzi speravano che tornassero insieme, e infatti Candy e Jimmy pensarono bene di trascinarli sulla giostra degli innamorati, con la banale scusa di voler stare in loro compagnia.

«Ehi, Unicorn Squad! Siete pronte per le sfide che vi attendono?» domandò invece Gennarino alle altre ragazze, scostandosi i ricci ribelli dagli occhi.

«Già, R-Boys contro Unicorn Squad, iniziamo dal tiro al bersaglio?» aggiunse Claudio, con la sua solita aria beffarda.

«Dimmi un po'» lo apostrofò Daisy a braccia conserte, «esattamente per cosa sta la "R"? Per "Rincitrulliti"?»

Claudio era il ragazzo più bello di tutta Rainbow City, ma Daisy non lo sopportava perché non leggeva libri e odiava studiare. Per qualche tempo, era stato insieme a Melanie, ma il loro amore era come le stelle filanti che i bambini si stavano lanciando sulle giostre: magnifico per qualche minuto, poi trascurato e calpestato dal primo che passa.

Claudio ricambiò con una smorfia e non mancò di specificare che “R” stava per “Rainbow”, ma questo Daisy lo sapeva benissimo.

Melanie accettò subito la sfida perché il mondo dell’arte non aveva certo placato il suo spirito di competitività: se si poteva gareggiare per qualcosa doveva farlo, e vincere!

Furono dure prove, che entrambi i team superarono con grande impegno e serietà. Melanie fu la più brava ad acchiappare i cigni di plastica nel laghetto, aveva la mano ferma e riuscì a portare a casa la vittoria. Al tiro a segno nessuno riuscì a battere Daisy, con grande sconcerto da parte di Claudio che continuava a chiedersi come facesse ad avere quella mira.

Poi venne il turno delle montagne russe, dove la sfida consisteva nel resistere il più a lungo possibile senza urlare. Marine urlò

e perse quando la giostra non era nemmeno in movimento: si erano solo abbassate le cinture di sicurezza.

«Se gridi di nuovo come un'anatra spennata, giuro che...» Ma Daisy non fece in tempo a concludere la sua minaccia, perché in quel momento la giostra si mosse e Marine non urlò come un'anatra spennata, ma come cento anatre spennate.

Quando scesero dall'attrazione, Daisy aveva i timpani fuori uso. Giurò a se stessa di non salire mai più sulle montagne russe insieme a Marine e di vendicarsi alla prima occasione utile. La vittoria, questa volta, fu di Gennarino.

Glitter, Candy, Jimmy e Mike li raggiunsero poco dopo.

«Il tunnel degli innamorati è stato un incubo, altro che romanticismo: metteva i brividi!» borbottò Glitter, guardando Mike di sbieco. «E questa... cos'è?» domandò poi, alzando gli occhi su quella che sembrava un'abitazione portata lì da un uragano.

«Questa, cari amici, è una casa infestata» rispose Daisy, con il suo sorriso più sinistro.

Visto che a Marine piaceva tanto strillare, ora le avrebbe dato un buon motivo per farlo.

«Io... io non ci vado là dentro» balbettò infatti l'amica. «È... è per il vestito, qualche mostro potrebbe sgualcirlo, tutto qui.»

Nessuno fece caso alle sue proteste, ed entrarono tutti insieme nell'edificio. Daisy però rimase delusa, non

aveva calcolato che Gennarino, con le sue battute, avrebbe reso la casa stregata un vero spasso. Candy si sbellicò dalle risate quando il ragazzo disse al Conte Dracula che ormai le zanzare avevano superato di gran lunga i vampiri nella classifica dei mostri.

«Quando senti quel ronzio nella stanza... Oh, sì... Quella è la vera paura... Voi vampiri a confronto date dei bacetti sul collo! E che dire del sordo rumore dei tacchetti della professoressa Lucrezia? Anche quello mette i brividi! Il prossimo anno portateci lei qui dentro: successo assicurato!»

Insomma, le creature della casa infestata non si sarebbero dimenticate facilmente di quel buffo gruppo di ragazzi, soprattutto la mummia, su cui Jimmy si era soffiato il naso scambiando le sue bende per dei fazzoletti.

Una volta usciti dall'attrazione Candy stabilì che era giunta l'ora di assaggiare le famose frittelle stellate. La fila era immensa, ma il profumino proveniente dalla bancarella li convinse ad aspettare. Durante l'attesa, lo sguardo di Daisy si posò su una tenda di pesante velluto viola, con davanti un cartello che recitava: "Veggente Stella Futura".

Incuriosita, prese per mano Marine, l'unica che non avrebbe mangiato le frittelle per non farsi venire i brufoli, e la trascinò con sé in quella direzione.

«Cosa ti fa pensare che io voglia entrare in questo... in questa... "cosa"?» domandò l'amica, storcendo il naso. Dalla tenda arrivava un forte odore di incenso e paglia.

«Andiamo, sarà divertente, e poi non c'è nessuno in fila.»

«Ovvio che non c'è nessuno, questo odore è orribile!» Marine entrò di malavoglia, coprendosi il naso con il suo preziosissimo fazzoletto di seta.

L'interno era buio, poche candele facevano danzare le loro fiammelle sui pesanti tendaggi. Tutto intorno c'erano strane cianfrusaglie, statuine che ritraevano losche figure e alcuni pianeti in miniatura pendevano dal soffitto.

«Una principessa e la sua guardia regale... Venite avanti, non indugiate nell'ombra» le invitò una voce femminile.

«Deve aver capito che sono una principessa dal mio profumo, dubito che l'abbia mai sentito in vita sua, sai è un...» iniziò a borbottare Marine, ma Daisy la zittì e le fece cenno di prendere posto.

Una sfera di cristallo troneggiava al centro del tavolo, sembrava quasi che qualcosa si muovesse al suo interno. La donna che sedeva all'altra estremità aveva il capo coperto da un velo color porpora, decorato con ricami dorati e perline che le ricadevano sul volto come gocce di pioggia. Marine pensò che non aveva mai visto nulla di più kitsch. Svariati incensi bruciavano in diversi punti della stanza, riempiendo l'ambiente di lingue di fumo grigio. Su un cartello, poco distante dal tavolo, c'era scritto: "Poni una sola domanda".

«Allora...» riprese la donna. «Che cosa volete chiedere alla sfera...?» Le sue dita pallide e affusolate iniziarono a strisciare sulla superficie di cristallo come piccoli serpenti.

«Daisy, andiamocene» bisbigliò Marine all'orecchio dell'amica. «L'incenso le ha annebbiato il cervello e...» Ma l'altra le mollò un calcio sulla caviglia.

«Io vorrei sapere...» iniziò Daisy «Se lei si chiama davvero "Stella Futura".»

Marine ridacchiò.

«Ovviamente... no. Mi chiamo Carolina, ma un nome così non fa molta scena» rispose la veggente.

Poi si voltò lentamente verso Marine, facendo tintinnare le perline del copricapo.

«Tocca a te. Poni la tua domanda, principessa...»

«Ecco, vede, il mio futuro è più brillante della sua sfera, non c'è proprio nulla che lei possa dirmi che io già non sappia» rispose la ragazza, con tono arrogante.

Marine amava ripetere che la sua vita sarebbe stata sempre "rosa e diamanti", che avrebbe avuto sempre abiti all'ultima moda e che avrebbe frequentato le migliori scuole per poi sposarsi con un uomo ricco e avvenente.

Fece per alzarsi, quando la donna ribatté: «Oh... Non è quello che la sfera mi sta rivelando». Le lunghe dita si mossero sempre più veloci sulla liscia superficie.

Marine tornò a sedere, in silenzio e quasi senza rendersene conto.

Quindi Stella Futura chiuse gli occhi e scandì: «La principessa perderà la sua corona, perderà oro e gioielli, ma un grande tesoro sepolto negli abissi del passato alla luce tornerà e ricca lei sarà della sua felicità...».

2

GLI INCUBI SI AVVERANO

"La principessa perderà la sua corona..."

Echi lontani le rimbombavano nella mente, spire di fumo le annebbiavano i pensieri.

"Perderai tutto..."

Marine si svegliò di soprassalto nel bel mezzo della notte, sudata. Aveva udito bussare, ma non ne era sicura, il cuore le martellava nel petto.

Un istante dopo entrò Gertrude. «Zignorina Marine, coza è accaduto?»

L'altra non rispose, era troppo occupata a riprendere fiato.

«Mi perdoni ze zono entrata cozì, ma lei ha urlato e quando ho buzzato non rizpondeva!» Gertrude accese la lampada a conchiglia sul comodino e la luce ne rivelò lo sguardo preoccupato. La sua mano scarna si accostò dolcemente alla fronte di Marine, con fare quasi materno.

«Sto bene, solo...» disse la ragazza con un filo di voce, «sono ancora ricca, vero?»

Gertrude sbatté le palpebre e i minuscoli occhiali quasi le scivolarono dal lungo naso.

«Certamente zignorina. Ricchizzima, la più ricca di Rainbow Zity» si affrettò a garantire la governante. «È zicura di stare bene?» domandò poi, non del tutto convinta.

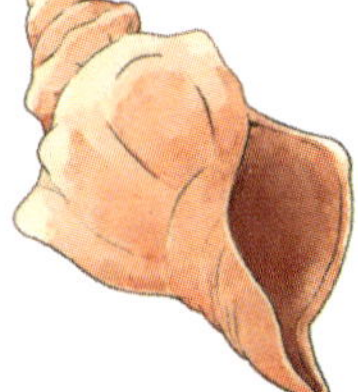

Marine fece un profondo respiro e si diede un'occhiata intorno. Il suo sguardo si posò sulla lampada, finemente intagliata nella madreperla, vagò sulle lunghe e preziose tende del baldacchino, fino a incontrare la toilette dove splendevano boccette di profumi francesi. Poi contemplò gli specchi e le borse. Con le dita accarezzò dolcemente le lenzuola di seta, così lisce che le sembrò di toccare la superficie dell'acqua. Congedò Gertrude e si lasciò coccolare dalla morbidezza dei cuscini.

"Sono ricca" si ripeteva. "La più ricca..."

* * *

All'alba, Marine fu svegliata da un inusuale trambusto. A villa Seashelle non c'erano quasi mai rumori, mentre quella mattina se ne sentivano a migliaia. Passi, stoviglie, ancora passi, un piatto rotto, schiamazzi, urla di Gertrude... A un certo punto Marine la udì addirittura minacciare di chiamare la polizia! Quelle parole ebbero l'effetto di una secchiata d'ac-

qua gelida sulla ragazza: doveva assolutamente capire cosa stesse succedendo fuori dalla sua stanza!

Sempre più preoccupata, infilò le ciabattine col pon pon, quindi aprì con decisione la porta, ma non fece in tempo a vedere nulla perché Gertrude le piombò davanti alla velocità della luce, intimandole di restare in camera. Un istante dopo, la governante aveva già richiuso bruscamente l'uscio dietro di sé, facendo scattare la serratura con un sonoro *click*.

"Non... non mi avrà chiusa dentro, vero?" si chiese la ragazza. Quindi afferrò la maniglia ed ebbe la risposta alla sua domanda.

Sconcertata all'idea di essere stata imprigionata nella sua stanza, prese a urlare come un generale alla sua fanteria. Più che chiedere di aprire la porta lo ordinò, ma non ottenne niente. Tuttavia non si diede per vinta, prese il cellulare e inviò un messaggio al gruppo della Unicorn Squad: "Codice Troll. Ripeto, Codice Troll!".

Il Codice Troll era stato ideato da Candy e poteva essere utilizzato solo in situazioni di estremo pericolo. Mentre aspettava i rinforzi, consapevole che erano le sei di mattina, e che a quell'ora

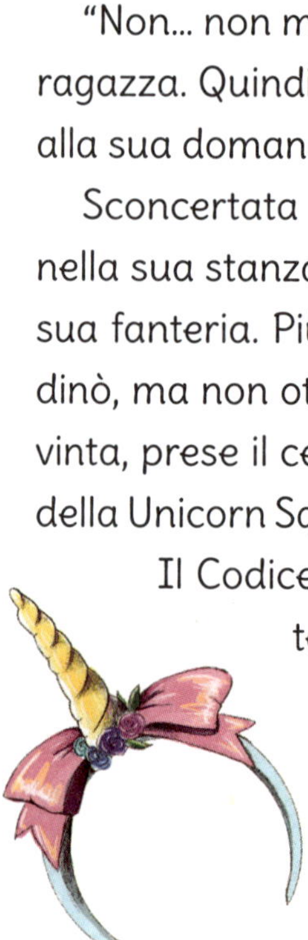

le sue amiche probabilmente stavano ancora dormendo, Marine si affacciò alla finestra e vide tante macchine nere lungo il viale del giardino. C'era un gran viavai di gente, ma in mezzo alla confusione notò una cosa che le riempì il cuore di gioia: l'auto di suo padre!

«È tornato!» esclamò, entusiasta. Corse alla porta e iniziò a chiamarlo con quanto fiato aveva in gola. Attese qualche secondo, in silenzio e immobile, e infine... *click*: la serratura si riaprì.

Sulla soglia c'era il signor Seashelle in persona, l'uomo più ricco di tutta Rainbow City. La figlia non lo vedeva da tre mesi: i suoi viaggi di lavoro erano sempre molto lunghi e quando tornava lo faceva per pochissimi giorni. Per un istante, la felicità che la ragazza provò nel vederlo le fece dimenticare gli strani avvenimenti di quella mattina. Incredula, corse ad abbracciarlo.

«Marine, ascoltami, papà deve dirti una cosa...» esordì lui. «È una cosa brutta, ma sistemerò tutto, te lo prometto...»

Mentre cercava di spiegare la situazione, dal corridoio sopraggiunse un ragazzo in giacca e cravatta, con spessi occhiali perfettamente quadrati. Era Riccardo, l'assistente del signor Seashelle, che con fare un po' impacciato interruppe la conversazione tra padre e figlia. «Mi perdoni, signore, ma è urgente. C'è... Ecco, c'è una detective!» balbettò.

A quelle parole il padre di Marine si precipitò in salotto, seguito dal giovane e dalla figlia. Durante il tragitto la ragazza si rese conto con orrore che la sua

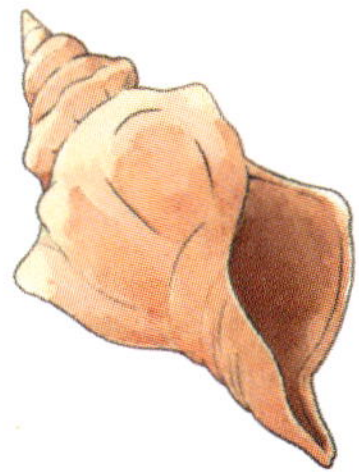

adorata villa era stata messa completamente a soqquadro. In ogni stanza c'era un concitato viavai di persone intente a portare via mobili e oggetti di valore, e con la coda dell'occhio scorse Gertrude che lottava con tutte le sue forze per togliere dalle mani di quegli uomini un vaso di porcellana.

Quando giunse in salotto e vide la detective, il signor Seashelle si voltò esasperato verso l'assistente.

«Questa non è una detective... è un'amica di mia figlia, Riccardo» disse, con tono severo ma allo stesso tempo sollevato.

«Cosa?!» domandò l'altro, incredulo. «Ma... mi ha mostrato il distintivo!»

A quel punto la nuova arrivata tirò fuori un tesserino e lo addentò: era una perfetta riproduzione di cioccolata. Quindi recuperò il suo cerchietto da unicorno dalla tasca e lo indossò, non poteva certo fingersi una detective con quell'accessorio in testa...

«Buongiorno a tutti! Mi presento: sono Detective Candy e sono qui per salvare la mia amica!» esordì, tutta fiera.

Il signor Seashelle, in realtà, era molto felice di vederla: era ora di andare a scuola e con l'aiuto di Candy sarebbe stato più facile allontanare la figlia dal trambusto che regnava alla villa.

Così, ancora scombussolata per gli accadimenti del mattino, Marine si avviò con l'amica alla Pasticceria da Alice, dove facevano tappa tutti i giorni per un frappè prima di andare a lezione.

Ad attenderle, al solito tavolo, c'era la Unicorn Squad al completo. Marine avrebbe tanto voluto provare un po' di sollievo nel vedere le amiche, ma la verità era che avrebbe preferito rimanere con suo padre. Per un po' le ragazze si fissarono a vicenda, poi tutti gli sguardi si rivolsero a

lei, che alla fine ruppe il silenzio e raccontò quello che era successo quella mattina a casa sua.

«L'unica speranza che mi resta» mormorò, stringendo la sua cartella, «è che non si venga a sapere in giro. Mio padre sistemerà tutto fra pochi giorni, nel frattempo cercheremo di...»

Ma dovette interrompersi perché Alice era già pronta con i frappè: un Unicorno per Candy, un Black Rose per Daisy, un Purple Sparkle per Glitter, un Multicolor per Melanie e il centrifugato di bellezza per Marine. Porgendo a quest'ultima il suo bicchiere, la pasticciera aggiunse: «Tranquilla, offre la casa».

La ragazza sgranò gli occhi, confusa. Alice allora andò a recuperare da un altro tavolo il giornale del mattino e lo posò timidamente davanti a Marine. In prima pagina c'era la foto di suo padre e un titolo che recitava: "Importante uomo d'affari cade in disgrazia e perde tutto. È bancarotta!". Quella fu la seconda secchiata d'acqua gelida della giornata per Marine, che si sentì sprofondare in un incubo senza fine. In quel

momento il campanellino della pasticceria tintinnò e due ragazzi vivaci si diressero al tavolo della Unicorn Squad. Erano Jimmy e Gennarino.

«Buongiorno, ragazze!» salutò Jimmy. «Il sole splende e direi che siamo tutti un po' in ritardo...» Ma un istante dopo aver pronunciato quella frase capì che qualcosa non andava e tacque. Non aveva mai visto il volto di Candy così serio.

Gennarino allora alzò una mano in segno di "stop" ed esclamò: «Non me lo dite! Anche voi state male per le frittelle del luna park! Oh, ragazze, io ho passato la notte in bianco, credetemi, vi capisco!». Quindi si portò la mano sul cuore. Jimmy lo strattonò e gli indicò il giornale.

Dopo aver dato un'occhiata alla prima pagina, Gennarino riprese, rivolto a Marine: «Ah, no. Non sono state le frittelle. Però pensa se tu le avessi mangiate: ora saresti proprio...».

«Nella cacca di unicorno!» concluse Candy.

A Marine scappò una risatina. Come poteva tenere il broncio con degli amici così?

***

Finiti i frullati i ragazzi si salutarono e si avviarono verso le rispettive scuole. Daisy e Marine frequentavano l'istituto di Moon Town, Melanie l'Accademia d'arte e teatro e Glitter e Candy la scuola di Sun Town. Per un breve periodo, grazie a uno scambio tra allievi meritevoli, Glitter aveva

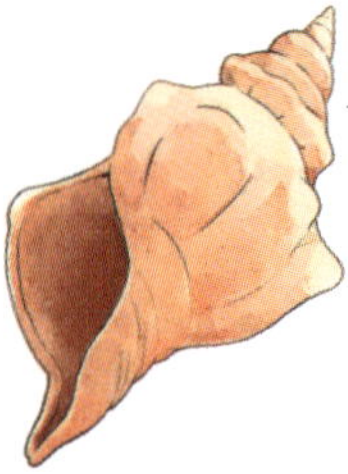

studiato a Moon Town e, per quanto le mancassero le grandi vetrate colorate, le aule arredate come salotti e i piatti a cinque stelle della mensa, era davvero contenta di essere tornata nella sua vecchia scuola. A Sun Town si respirava aria di normalità e semplicità, e a lei piaceva. Marine, al contrario, non poteva immaginarsi in nessun altro posto se non nel prestigiosissimo istituto della Città Alta. Quella mattina, però, mentre saliva insieme a Daisy la scalinata, iniziò a provare una strana sensazione allo stomaco.

Tutti la fissavano e lei si sentì una sciocca per aver pensato che i suoi compagni non fossero informati sulle ultime notizie. Incrociò lo sguardo di Nobu, l'autore del famoso blog Cioccolatte&Verità letto da tutti a Rainbow City e il cui argomento preferito erano proprio i gossip riguardanti la Unicorn Squad. Il ragazzo colse la domanda sul volto di Marine e scosse la testa: non aveva scritto di quella faccenda. Lei allora decise di farsi forza, tenne alta la testa e col suo solito fare da diva avanzò verso l'aula di storia.

«Signorina Seashelle, cosa ci fa qui?» la apostrofò all'improvviso una voce. Era la preside.

La ragazza non sapeva cosa rispondere a una simile domanda. Insomma, era lì per studiare, per cos'altro?

«Lei non è più una studentessa di Moon Town, signorina. Suo padre non può più permettersi questa scuola. Passi dal mio ufficio, sono sicura che a Sun Town avranno un posto per lei.»

3
LA RICCHEZZA PERDUTA

Gli uomini che quella mattina andavano e venivano da casa di Marine portando via tutto ciò che c'era dentro erano funzionari della banca e stavano confiscando i beni che la famiglia Seashelle possedeva. Il signor Seashelle aveva fatto degli investimenti molto rischiosi in borsa, che si erano rivelati un grosso errore: dall'oggi al domani aveva perso tutto. Così lui, la figlia e Gertrude avrebbero dovuto lasciare la villa il prima possibile, perché non apparteneva più alla loro famiglia.

La maggior parte dei cittadini di Moon Town gli aveva già voltato le spalle: persone che solo il giorno prima avrebbero fatto i salti mortali per sedere al suo stesso tavolo. Per fortuna però poteva ancora contare sull'aiuto della madre di Candy, sua cara amica d'infanzia, che si era precipitata da lui appena appresa la notizia.

«Celeste! Grazie di essere venuta subito.» Accogliendola, il signor Seashelle accennò un sorriso, il primo della giornata.

La signora Celeste Chopard era un'ex nobile di Moon Town che aveva rinunciato alla ricchezza della sua famiglia per sposare il padre di Candy e vivere a Sun Town. Malgrado ciò, manteneva un atteggiamento da signora dell'alta società. Il suo sguardo era fiero e determinato, portava i capelli color cioccolato raccolti in un sofisticato chignon, indossava abiti scuri che evidenziavano la sua figura snella e slanciata e al collo sfoggiava sempre una semplice ma raffinata collana di perle. Tutto nella sua figura emanava eleganza. Marine l'aveva incrociata spesso, e ogni volta non aveva potuto fare a meno di chiedersi quale assurdo sentimento le avesse fatto rinunciare al suo titolo nobiliare. Certe cose per lei dovevano rimanere nelle favole.

Guardando preoccupata il signor Seashelle, la madre di Candy lo ras-

sicurò: «Matteo, non ti avrei mai lasciato da solo in una simile situazione! Farò il possibile per aiutarvi».

Gertrude, che nel frattempo aveva smesso di urlare contro i funzionari della banca, stava servendo il tè in bicchieri di plastica. La cosa le faceva più ribrezzo di un nido di ragni nel letto, ma tutti i servizi buoni erano stati confiscati.

Sorseggiando la bevanda, Celeste riprese: «Conosco Marine da quando è nata, lei e Candy sono da sempre

ottime amiche. Casa mia sarà casa sua, per tutto il tempo necessario».

Il signor Seashelle le indirizzò uno sguardo pieno di gratitudine, quindi si rivolse alla figlia: «Tu che ne pensi, Marine?». Le parole gli uscirono a fatica, sapeva di chiederle molto.

«Io... preferirei stare con te, papà» ammise la ragazza, in tutta onestà.

«Questo non è possibile» rispose lui, serio. «Decollerò oggi stesso per New York: mi son fatto prestare dei soldi da un collega, quanto basta perché io possa partire subito. Ho ancora molti estimatori in America, troverò una banca che possa finanziarmi un prestito per far ripartire l'azienda.»

Sentendo quelle parole, a Marine balzò il cuore in gola. Come avrebbe fatto ad affrontare i giorni a venire senza di lui? Certo, non era il più presente dei padri, ma era tutto ciò che le rimaneva della sua famiglia.

«Io vado dove va la zignorina Marine» si affrettò a precisare Gertrude, spingendo il petto in fuori come un soldato. Il signor Seashelle le aveva già detto che non avrebbe più potuto pagarla, ma non le importava.

Celeste acconsentì con un cenno del capo. «Marine dormirà con Candy, mentre la signorina Gertrude starà nella camera degli ospiti. Certo, devo avvisarvi, casa mia non è villa Seashelle, ma mi occuperò personalmente di voi e sarà mia premura non farvi mancare nulla.»

Marine si sorprese ad amare il suono della voce di Celeste, era così... "da mamma".

Poche ore dopo, lei e Gertrude erano pronte a trasferirsi a casa di Candy con solo lo stretto necessario. La ragazza salutò il padre con un lunghissimo abbraccio e lui la lasciò con la promessa che avrebbe sistemato tutto in pochi giorni.

***

Quando giunsero a destinazione, Candy era in camera sua, ad attendere l'amica. Era passato un bel po' di tempo dall'ultima volta che Marine era stata in quella stanza. Quando erano più piccole, ogni settimana organizzavano a turno un pigiama party a tema insieme alle altre amiche della Unicorn Squad. Poi, crescendo, i loro luoghi d'incontro erano diventati altri: la pasticceria, il parco, il cinema, il centro commerciale. Le fece quindi uno strano effetto ritrovarsi in quella stanza, anche perché era rimasta esattamente come se la ricordava.

«Vedo che non è cambiato niente qui» osservò guardandosi intorno, un po' sconcertata.

«Invece sì!» ribatté entusiasta Candy. «Guarda! Ho una poltrona gonfiabile a forma di muffin, e anche le luci sono nuove. Io e mio padre ci abbiamo lavorato per giorni! Aspetta, ti faccio vedere.» Candy abbassò la tapparella e pigiò sull'interruttore. Improvvisamente il soffitto s'illuminò di soffici nuvole che si sposavano perfettamente con quelle della carta da parati. Le lenzuola sul letto erano rigorosamente rosa e sembravano galleggiare fra tutte quelle nuvole.

«Io dormirò lì» stabilì Marine, indicando il posto in alto.

«Quello, veramente, sarebbe... Oh, d'accordo! Se vuoi dormire lì dormirai lì! Fa' come se fossi a casa tua!» acconsentì Candy, con un sorriso. Era decisa a far sì che l'amica pensasse il

meno possibile ai suoi problemi e che si sentisse accolta e a suo agio.

«Casa mia...» mormorò l'altra.

Come poteva sentirsi a casa sua in una stanza dalle pareti tappezzate di nuvole e arcobaleni? Per non parlare degli unicorni! Erano ovunque. C'era la lampada unicorno, il portapenne unicorno, il tappeto unicorno e l'intera collezione di peluche unicorno di Candy!

Presa dallo sconforto andò in bagno a sistemare le sue cose. Lo sguardo allora le cadde su alcuni stickers attaccati allo specchio: un unicorno, un fiocco, un teschio, una tavolozza per dipingere e una conchiglia che mostrava fiera la sua perla.

«Quelle siamo noi!» intervenne Candy, appoggiata alla porta.

Marine guardò la conchiglia con occhi pieni di tristezza. «Io non ho più nessuna perla... Cosa sono ora, una vongola?» domandò con tono serio.

Candy non riuscì a trattenere una risatina. «Una vongola?! Non dire sciocchezze: tu sei la perla! È tutto il resto, semmai, a essere un superfluo involucro!»

Marine sapeva che quelle parole avrebbero dovuto farle piacere, ma faticava a crederci.

Per scacciare la tristezza pensò di mettersi a sistemare i suoi abiti ma, tornata in camera, vi trovò Gertrude già intenta a disfare le valigie e borbottare stizzita per le dimensioni troppo piccole dell'armadio di Candy, dove i delicati vestiti della sua Marine si sarebbero sicuramente sgualciti. Decise allora di rifarsi la manicure. Diceva che la rilassava e, data la delicata situazione in cui si tro-

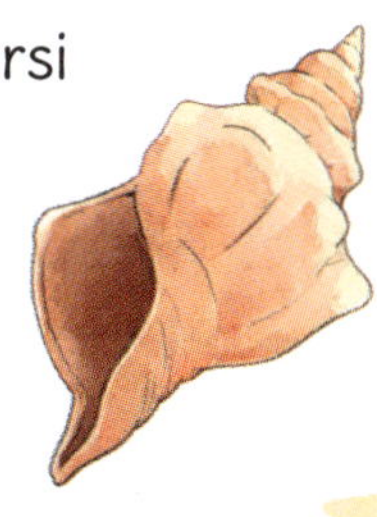

vava, nessuno le chiese una mano per sistemare i bagagli o contribuire alle faccende di casa.

Ben presto però la giovane iniziò a sbuffare, spazientita. Da quando era arrivata a casa di Candy sentiva dei rumori incessanti e fastidiosi, come dei ronzii di strani macchinari. Quando chiese spiegazioni sulla provenienza di tutto quel baccano Candy non capì a cosa si riferisse: lei non sentiva niente. Gertrude allora gettò una severa occhiata verso la finestra, come a indicare che, qualunque cosa fosse, proveniva dall'esterno.

«Ohhh, quelli! Sono i nonni di Jimmy. Coltivano la terra e spesso usano il trattore, un giorno di questi andiamo a trovarli, così potrai conoscerli! Ti piaceranno, sono simpaticissimi» rispose Candy.

Marine non era affatto sicura di volerli conoscere, né desiderava avvicinarsi a quella che, dalla finestra di Candy, sembrava una casa decisamente malmessa...

In quel momento Celeste chiamò tutti per la cena.

A tavola erano già seduti Rosita, ovvero la sorellina di Candy, e il marito di Celeste: un poliziotto dagli occhi sorridenti, con i capelli castani e dei folti baffi che rendevano la sua espressione buffa e amichevole.

«Allora, Marine, era da un po' che non ti facevi vedere da queste parti, eh?» commentò.

«Sì, signore...» rispose la ragazza.

«Ma quale signore! Chiamami Charlie, suvvia!» la interruppe lui, asciugandosi i baffi con un tovagliolo.

Marine si limitò ad annuire, e tornò a rigirare il cucchiaio nel piatto di minestra. Qualcosa le stava dando enormemente fastidio. La giornata era stata una delle peggiori della sua vita, ma seduta a quel tavolo c'era qualcosa che le faceva contorcere lo stomaco. La minestra, forse? No, per quanto il colore fosse poco invitante era davvero ottima. E allora cosa? Si guardò intorno: Candy stava raccontando la sua giornata a scuola, la madre la rimproverava per una risposta "poco adeguata" che la figlia aveva dato all'insegnante e il padre le faceva promettere di non ripetere mai più quell'errore. Marine era sempre più confusa: di certo c'era qualcosa che la metteva a disagio, ma proprio non riusciva a capire che cosa fosse...

Dopo cena le due amiche si ritirarono in camera, si diedero la buonanotte e si misero a letto: finalmente quella giornata era finita. Marine era stanca come non lo era mai stata in vita sua.

Di colpo, un attimo prima di scivolare nel sonno, spalancò gli occhi e domandò: «Candy! Quel terribile gallo non è ancora vivo, giusto?». La sua voce era colma di apprensione. Ricordava bene lo straziante canto dell'animale dopo ogni pigiama party.

«Certo che no, il povero Starnazzo ci ha lasciati qualche anno fa...» rispose l'amica.

Marine tirò un sospiro di sollievo e sprofondò sotto le coperte.

«Ora ce n'è uno nuovo» precisò Candy. «Si chiama Igor!»

4

FIENO, FANGO E RABBIA

Il gallo Igor cantava puntuale ogni mattina all'alba, e non era certo il più soave dei canti. Marine viveva a Sun Town da una settimana e le era sembrato un tempo incredibilmente lungo. Glitter passava spesso da loro e, per quanto lei e Candy provassero a far divertire l'amica, era chiaro che quella situazione per Marine era sempre più insostenibile.

A scuola non si trovava né meglio né peggio, semplicemente i suoi nuovi compagni di classe la ignoravano. O forse era lei a ignorare

loro. Ma il momento peggiore delle sue giornate era il pomeriggio, quando lei, Candy e Glitter andavano ad aiutare i nonni di Jimmy nei campi.

«Se quel cagnaccio si azzarda a rovinarmi di nuovo le scarpe giuro che...» sentenziò Marine, dirigendosi con le amiche verso la fattoria dove vivevano i due anziani. La ragazza non era per nulla contenta di passare l'ennesimo pomeriggio a cercare di evitare le zampate fangose del maltese dei nonni di Jimmy.

«Ma chi? Birillo? Oh, ma è così carino! Sembra molto affezionato a te!» le rispose Glitter.

«Affezionato? È quello che vuole farvi credere lui! Non mira ad altro che alle mie bellissime scarpe o alle mie gonne, vuole solo rovinarmi quelle poche cose che mi sono rimaste!» ribatté stizzita Marine.

«Vuole solo starti vicino» concluse Candy, aprendo il cancelletto del giardino.

Fuori dalla casa dei nonni un cartello recitava: "Fattoria Girasole, produzione agricola di nonno Johnny". E sotto: "Torte e confetture fatte in casa con amore da nonna Jenny".

L'edificio non era certo come quelli curati ed eleganti di Moon Town, in cortile c'erano erbe e piante selvatiche disseminate ovunque, e attrezzi agricoli sparsi qua e là. Il muro esterno della casa, poi, lasciava intravedere qualche vecchio mattone sbeccato, là dove non era ricoperto dall'edera. Il tetto invece era rivestito di muschio da cui, solo in alcuni punti, facevano capolino tegole azzurre. L'aria era pregna dell'odore di erba tagliata, fieno e...

«Letame! Come fate a non sentire questa puzza insopportabile di letame?» Marine fece un sonoro starnuto. Tutte quelle piante, oltre a non piacerle esteticamente, le davano anche allergia.

«Ohhh, ancora a lamentarti, contessa?» disse una voce ruvida e anziana. Era nonno Johnny, che avanzava tenendo in mano tre sacchetti pieni di semi. Quando ne porse uno a Marine, lei lo guardò con aria interrogativa: che cosa avrebbe dovuto farci?

Durante quei pomeriggi, si era sempre limitata ad accomodarsi su una sedia e scrollare la home dei suoi canali social, mentre Jimmy, Glitter e Candy aiutavano il nonno. Essendo ormai molto anziano, non poteva più portare avanti da solo la gran parte dei lavori e non era ancora riuscito a trovare dei braccianti.

Era un tipo un po' burbero, portava sempre un maglione di lana fatto a mano e una coppola siciliana sgualcita e con qualche buco. Sembrava che Marine non gli andasse molto a genio, dopo-

tutto lui non sopportava gli "aggeggi moderni" e lei aveva quasi sempre lo smartphone in mano.

«Non guardarmi così, contessa! Abbiamo un bel po' di lavoro da sbrigare e serve più aiuto possibile. Oggi darai una mano anche tu!» E, così dicendo, porse a Marine anche una paletta sporca di terra.

La ragazza la guardò come se fosse un mostro della palude. «Jimmy! Di' qualcosa a tuo nonno, io non so come usare queste cose.»

«Tranquilla! È facilissimo, dobbiamo solo smuovere un po' la terra e buttarci dentro i semi» la rassicurò il ragazzo, con un gran sorriso. Poi scorse in lontananza una figura ben nota e il suo volto si illuminò ancora di più. «Guarda! Sta arrivando anche Gennarino, così finiremo prima!» Per Jimmy non c'era gioia più grande che passare il tempo con gli amici nella terra dei suoi nonni.

«Contessa!» esordì il nuovo arrivato, rivolgendosi a Marine. Da quando nonno Johnny le aveva affibbiato quel nomignolo, se ne era appropriato anche lui. «Non mi dica! Ci degnerà finalmente della sua presenza?»

Marine, infastidita, fece una smorfia e si diresse verso i campi.

Poco dopo arrivarono anche Melanie e Daisy. Quest'ultima si dilungò parecchio sui metodi di coltivazione più all'avanguardia, su quanto fosse importante tener conto delle fasi lunari e così via... Melanie, invece, si perse a contemplare le sfumature che regalava la campagna inondata dalla luce del sole.

Durante il pomeriggio anche altri amici di nonno Johnny accorsero ai campi e ben presto l'aria si riempì di chiacchiere allegre e risate.

Fra le strambe storie inventate da Candy sulla Regina Chiocciola che abitava da quelle parti, e le ulteriori nozioni di agricoltura (non richieste) di Daisy, emergevano mollemente i lamenti di Marine. La terra era troppo umida e le si attaccava

alle scarpe e Birillo non faceva altro che stamparle zampate di fango sulla gonna e gironzolarle intorno tutto scodinzolante. Ormai era sporca di terra dalla testa ai piedi e aveva solo voglia di un avocado toast e di un bel frappè. Nonno Johnny si limitò ad allungarle una mela che aveva appena colto dall'albero, senza nemmeno rivolgerle la parola. I suoi lamenti stavano dando noia a tutti.

D'un tratto, Marine cacciò un urlo così acuto che costrinse le cornacchie a volare altrove e il gallo Igor a sgranare gli occhi. Si dimenava come un'ossessa urlando: «Qualcuno mi aiuti! Aiutatemi!».

Il primo a correre in suo soccorso fu Gennarino che, in un batter d'occhio, individuò il problema: un millepiedi si stava facendo una tranquilla passeggiata sulla spalla della ragazza! Senza scomporsi lo prese con delicatezza e lo adagiò su una foglia.

«Mi hai salvato la vita!» esclamò lei, quasi sul punto di piangere per il sollievo.

«Lo so, lo so.» Gennarino si fece serio. «Voglio dire, è pur sempre un millepiedi, una creatura la cui forza è leggendaria!»

Tutt'intorno gli amici scoppiarono a ridere a crepapelle e anche a lui, che fino a quel momento era stato serio come un guerriero, scappò una smorfia divertita.

Nel giro di un secondo la gratitudine di Marine si tramutò in collera. Stava per riversare tutta la sua rabbia sul compagno quando udì una voce calma e rassicurante che la chiamava. Era nonna Jenny, l'unica da quelle parti che sembrava prestarle un minimo d'attenzione senza giudicarla.

Portava una lunga sciarpa colorata e un cappellino di lana arancione, da cui sbucavano morbidi riccioli bianchi. Era difficile dire di no a nonna Jenny: aveva uno sguardo troppo dolce e un sorriso troppo sincero. Per questo, quando comunicò al marito di avere bisogno di Marine in cucina, lui non

replicò. In realtà, tutti sembravano sollevati all'idea di non dover più udire i lamenti della ragazza.

La cucina di nonna Jenny era umile e all'antica, c'erano attrezzi che Marine non aveva mai visto e fornelli difficilissimi da accendere. Le credenze traboccavano di cibo, sacchi di farina erano stipati negli angoli e in tavola c'era tutto l'occorrente per torte e crostate. C'era un odore familiare che la metteva a suo agio, e quella signora le trasmetteva pace e serenità, come una camomilla. Ecco, quelli in compagnia di nonna Jenny erano gli unici attimi di pace che aveva Marine.

«So che nonno Johnny può sembrare burbero all'inizio, ma ti vuole bene, bambina» disse l'anziana a Marine, mettendosi a impastare. Poi le passò un pezzo dello stesso composto e le fece cenno di imitare i suoi movimenti. La ragazza si lavò accuratamente le mani, ancora sporche di terra, e iniziò a lavorarlo.

«Come fa a volermi bene? Non mi conosce nemmeno, e poi... non mi sopporta. A stento mi sopportano i miei amici...» Marine non capiva perché

quelle parole le stessero uscendo di bocca, non amava confidarsi, ma sembrava che non avesse controllo sulle sue azioni. «E hanno ragione...» aggiunse. «Più passo il tempo con loro e più mi rendo conto di quanto siamo diversi. Insomma, incontrarsi alla Pasticceria da Alice o andare alle feste insieme è un conto, ma passare del tempo nelle loro case, mi fa sentire... diversa. E non riesco a capire perché.» L'impasto si bagnò di una lacrima.

Subito Marine si scusò con nonna Jenny, che provò a rassicurarla dicendo che era cosa da poco, ma lei abbandonò comunque la cucina e uscì.

Tornò a casa di Candy, evitando le domande di Celeste e Gertrude sul perché fosse rientrata prima degli altri. Si chiuse in bagno e rimase a osservare il suo riflesso.

Aveva i capelli scompigliati, il volto sudato e macchiato di terra e sulla gonna c'erano le impronte delle zampe di Birillo. Alzò lo sguardo, fissandolo nei propri occhi azzurri stracolmi di lacrime. Più si guardava e meno si riconosceva.

5

UN PASSATO DA RICORDARE

«Non ne posso più!!! È sabato! Perché deve cantare anche il sabato?» urlò Marine, tappandosi invano le orecchie con il cuscino.

Candy era già sveglia, nel suo pigiama rosa sembrava ancora più piccola e dolce.

«Perché Igor canta al primo raggio di sole, non fa differenza il giorno della settimana!» rispose.

Marine la fissò dal letto a castello, con uno sguardo che implorava di poter dormire ancora un po'.

L'amica acconsentì con un cenno della testa: avrebbe aiutato lei per la colazione.

A casa di Candy, ogni attività veniva svolta insieme agli altri, non c'era mai una sola persona a fare o disfare qualcosa. Persino la sorellina minore di Candy, Rosita, dava una mano come meglio poteva. Era bassina, portava i capelli raccolti in due palline rosa e sembrava il piccolo fattorino di casa: andava sempre avanti e indietro con piatti, libri, giornali e bevande.

Il padre di Candy quella mattina stava apparecchiando la tavola e aggiornava tutti sulle ultime novità della città, essendo un poliziotto era sempre molto informato.

Candy e la madre invece erano affaccendate in cucina: quel giorno avrebbero preparato i waffle, la colazione dei giorni speciali! Insomma, a differenza della casa di Marine, quella di Candy era in continuo movimento, addirittura i muri sembravano vivi e pieni di cose da raccontare!

In quel periodo anche Gertrude si dava da fare coi lavori domestici, perdendosi in interminabili monologhi sugli ammorbidenti da usare e i vari trucchetti per lavare al meglio gli abiti della "zignorina Seashelle". Quanto a quest'ultima, non faceva granché. Gertrude non le avrebbe mai chiesto una mano, e Candy e i genitori si lasciavano sempre convincere dai suoi occhioni tristi.

Dopo la colazione Marine si dedicò al suo consueto trattamento di bellezza del weekend, mentre Candy uscì per raggiungere Glitter alla Pasticceria da Alice. Aveva bisogno di parlare da sola con l'amica.

«Sono preoccupata per lei» esordì, non appena si fu accomodata al tavolo. «Credevo che col tempo sarei riuscita a tirarla su di morale, voglio dire, sono il piccolo unicorno, io! E invece sembra che stia sempre peggio...»

Glitter ascoltò quelle confidenze, annuendo di tanto in tanto. Poi, con tono malinconico, constatò: «La sua situazione è difficile, ha perso tutto e vorrebbe stare con il padre. Non è colpa tua o della tua famiglia, anzi, state facendo così tanto per lei. Tutti noi stiamo provando a distrarla in un modo o nell'altro, ma lei è chiusa in se stessa».

In quel momento sopraggiunse Alice. Preparando i frappè non aveva potuto fare a meno di ascoltare la conversazione e, dopo aver servito le ragazze, suggerì loro un'idea per tirare su di morale l'amica: organizzare una festa tutte insieme!

«Organizzare una festa...?» ripeté Glitter, interdetta. «Non saprei... Marine dava feste bellissime perché il padre pagava per tutto, ma ora...» L'idea le sembrava ottima, ma irrealizzabile.

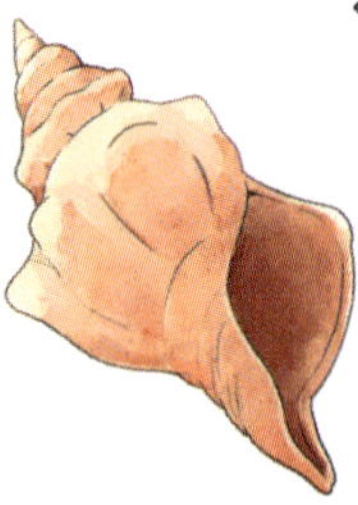

«Biscottini miei, a Marine non serve organizzare una mega festa, solo... una festa. Il prossimo fine settimana non avete forse in programma la Notte delle Storie Luminose?» ricordò Alice.

Candy e Glitter si scambiarono uno sguardo d'intesa. Marine non aveva mai partecipato a quella ricorrenza, ma poteva essere un buon modo per farla distrarre, seppur piccola era pur sempre una festa!

***

La Notte delle Storie Luminose si teneva nei campi dei nonni di Jimmy. Ogni anno, come buon augurio per l'arrivo della primavera, tutto il quartiere si riuniva lì, attorno a un falò, per ascoltare le storie di nonno Johnny, sorseggiando tisane preparate con le erbe del giardino e assaporando le deliziose torte fatte in casa da nonna Jenny. Oltre a ciò, si ballava e si cantavano canzoni popolari, illuminati dalle luci delle lanterne e delle stelle.

«La notte delle cosa?» domandò Marine, quando le amiche, rientrate a casa di Candy, le proposero la loro idea.

«La Notte delle Storie Luminose! Tu sei la migliore a organizzare feste, se ci darai una mano questa sarà l'edizione più bella!» provò a convincerla Candy, sgraffi-

gnando qualche altro waffle avanzato dalla colazione.

«E com'è che non ne ho mai sentito parlare?» chiese l'altra, alzando un sopracciglio.

«Ti abbiamo invitata tutti gli anni, Marine: avevi sempre qualcosa di meglio da fare e non ci sei mai venuta, ma ti assicuro che sarà una serata bellissima!» replicò Glitter.

La ragazza ci pensò su per qualche minuto e infine decise di accettare, anche se l'idea non la convinceva del tutto. Come avrebbe fatto a organizzare una festa senza i soldi di suo padre?

Qualche giorno dopo la Unicorn Squad e gli R-Boys al completo si radunarono a casa dei nonni di Jimmy, per iniziare i preparativi per la festa. Mike accordava gli strumenti, Jimmy e Gennarino si occupavano di trasformare i cumuli di paglia in divanetti e Claudio, il più allenato di tutti, montava gli stand e spostava le cose più pesanti.

Marine invece dava indicazioni alla Unicorn Squad e qualcosa nel suo sguardo fece capire a Glitter e Candy

che quella di Alice era stata proprio una buona idea: la loro amica sembrava tornata quella di sempre.

«Cosa c'è lì dentro?» domandò a un certo punto la ragazza a nonna Jenny, che stava spingendo un carretto dall'aria pesante. Un aroma intenso di mela e cannella si stava spargendo per tutto il giardino.

«Bambina, queste sono le torte per la serata. Le facciamo tutti gli anni e le regaliamo ai partecipanti alla festa» rispose gentilmente l'anziana.

«Regalare?! No, no, no, queste dovete venderle! Lei e suo marito avete lavorato tanto per tutto questo cibo, è assurdo che vogliate regalarle! Di sicuro ci sono persone che farebbero i salti mortali per averne una» dichiarò la ragazza.

Rimasero tutti un po' interdetti. Marine aveva parlato con un tono così convinto che nonna Jenny non poté fare a meno di pensarci su.

«Vuoi seguire le orme di tuo padre, contessa? Pensare sempre e solo ai soldi, al guadagno, al profitto?» intervenne nonno Johnny, dopo una sonora risata. Riordinando il capanno degli attrezzi aveva assistito all'intera scena. «Non tutti sono interessati solo al denaro come fate voi di Moon Town. Le abbiamo sempre regalate, le nostre torte, e quest'anno non fa eccezione!» continuò il vecchio, sventolando il suo bastone.

Marine fece spallucce e tornò a posizionare le lanterne con Melanie.

Qualcosa in quelle parole però l'aveva tremendamente ferita. Agli occhi di quell'uomo lei era solo una snob viziata di Moon Town. Ma davvero era solo questo? Fino ad allora non si era mai preoccupata di niente, solo ora ci stava seriamente riflettendo. Pensò che si era sempre affidata ai soldi di suo padre, che studiava quel poco che bastava per andare avanti e per tutto il resto del tempo pensava solo a divertirsi e a fare shopping. Si guardò intorno e vide chiaramente i sogni e i progetti delle sue amiche.

Candy sarebbe diventata una famosa scrittrice, Glitter una stilista richiestissima, Melanie un'artista quotata, Daisy un'ottima astronoma... e lei?

In quel momento nonna Jenny la riscosse dai suoi pensieri chiamandola con sé in cucina insieme a Glitter. Aveva bisogno di una mano per farcire altre torte con la marmellata di ciliegie. Glitter la adorava e disse che sperava un giorno di poter assistere alla preparazione di quella prelibatezza, così la nonna le promise che presto le avrebbe insegnato tutti i segreti del

mestiere. Quando terminarono di farcire le prime crostate, l'anziana passò alle ragazze degli altri barattoli di marmellata, questa volta di colore arancione intenso: era confettura di albicocche. Marine aprì il primo barattolo senza nemmeno guardarlo, ma il profumo intenso e fruttato del suo contenuto giunse a lei come una brezza primaverile.

Calde lacrime iniziarono a scenderle lentamente sul volto. Glitter e nonna Jenny, vedendola piangere, accorsero subito per assicurarsi che non si fosse fatta male, ma poi la videro sorridere.

«Sto bene...» disse, asciugandosi gli occhi. Quindi indicò la marmellata di albicocche. «Era la preferita di mia madre.»

Quel profumo aveva fatto sbocciare qualcosa in lei: un ricordo, nascosto molto in profondità. Faceva male come le spine di una rosa, ma era bello e prezioso come un'orchidea.

6

NUOVI SOGNI DA COLTIVARE

Mancavano ormai poche ore alla Notte delle Storie Luminose. Marine e la Unicorn Squad avevano fatto un lavoro magnifico: lo stand con le torte era ornato da fili di lucine colorate e ovunque erano sparse le lanterne dipinte da Melanie, che regalavano giochi di luce stupefacenti. Sembrava di essere in mezzo a una pioggia di colori. Glitter e Candy avevano realizzato degli spaventapasseri, divertendosi un mondo a riciclare cose da buttare e trasformarle in simpatici pupazzi. Daisy invece aveva aiutato Marine con l'organizzazione generale.

«Sei stata brava, sai?» disse all'amica, dandole un buffetto sulla spalla.

«Sì, be', non potevo certo fare un miracolo, ma tutto sommato sembra carino» rispose l'altra, ammirando la distesa dei campi illuminati dalle lanterne. Poi puntò lo sguardo sullo stand delle torte e si pentì di non aver insistito per venderle, i primi visitatori le stavano già prendendo d'assalto.

Improvvisamente l'attenzione di Marine fu attirata da qualcosa in lontananza. La ragazza sgranò gli occhi: una palla di pelo bianco si stava avvicinando. Ovviamente era Birillo che correva verso di lei a perdifiato, con le zampe inzaccherate di fango.

«Stammi bene a sentire, tu! Prova a macchiarmi questo vestito e...» iniziò la ragazza, sventolando energicamente l'indice verso l'animale. Con sua grande sorpresa il cane si fermò di colpo. Marine aveva in mente innumerevoli e orribili minacce da rivolgergli, ma lo sguardo del maltese le sciolse tutte come burro al sole e l'unica cosa che riuscì a borbottare fu: «... E giuro sulle mie scarpe preferite che non mi degnerò mai più di accarezzarti!».

Passò un interminabile momento di silenzio. L'abito che indossava era uno dei pochi che le erano rimasti e non poteva certo permettersene uno nuovo. Oh, se l'avesse rovinato... Ma Birillo non lo fece. Per la prima volta non le saltò addosso, ma le leccò dolcemente le caviglie e rimase al suo fianco come una silenziosa guardia del corpo.

«Ti vuole davvero bene!» osservò Daisy.

«È un cane» rispose l'altra, tornando ad ammirare la festa. «Voler bene a un essere umano è nel suo DNA.»

«Che idiozia! Gli animali non si legano alle persone per caso» ribatté l'amica, aggrottando le sopracciglia.

Marine non l'avrebbe mai ammesso, ma anche lei stava iniziando ad affezionarglisi.

* * *

La festa era iniziata da pochissimo ed era già un successo: la voce si era sparsa per tutta Rainbow City ed era giunta fino alle orecchie di Nobu. Il blogger sempre a caccia di gossip sulla Unicorn Squad non poteva certo perdersi un evento del genere!

«Allora, Marine, come te la passi fra i campagnoli?» indagò il giovane. «Non sembra farti male, l'aria di Sun Town.»

Nobu era diverso da tutti gli altri ragazzi, aveva uno stile classico e sembrava appartenere a un'altra epoca. Portava sempre un cravattino e vestiva con completi

che Marine non mancava di definire "antiquati". I due erano amici dall'asilo, ma avevano sempre avuto uno strano rapporto: erano in qualche modo legati, ma li divideva l'arroganza. Lei stava per ribattere quando sopraggiunse Melanie, che propose a Nobu di fare un giro per la fattoria. Marine li guardò allontanarsi e non poté fare a meno di pensare che il ragazzo preferisse la compagnia dell'amica, dato che aveva sempre qualcosa di interessante da raccontare, mentre invece lei...

«Contessa!» la voce di Gennarino giunse a riscuoterla da quei pensieri. «È oltraggioso che lei non stia ballando, mi dia la possibilità di rimediare a questo affronto!» Detto ciò il ragazzo si prodigò in un inchino teatrale. Birillo, che ormai non mollava Marine nemmeno per un secondo, lo squadrò dalla testa ai piedi.

La ragazza non era sicura di voler ballare, non lì, non con Gennarino, non con quelle canzoni da sagra della pannocchia. Alla fine però decise di lasciarsi andare e con un sorrisetto rispose: «Concesso, plebeo!».

Così i due si gettarono nella mischia, perdendosi fra luci, saltelli e risate.

Guardando quella scena, Candy e Glitter si batterono il cinque: ora la

loro amica sembrava felice come non lo era mai stata. Aveva un sorriso smagliante e rideva a crepapelle alle battute di Gennarino, che doveva stare sempre attento a non calpestare Birillo.

Gertrude, arrivata anche lei alla festa, non era abituata a tutta quell'allegria, e assomigliava ancora di più a una tavola di legno.

«Voglio zperare che non abbiate zfruttato troppo la zignorina Marine» disse, rivolta a nonna Jenny.

«Oh, non si preoccupi, cara. Alla signorina ha fatto bene qualche responsabilità in più» rispose cordialmente l'anziana. Gertrude non

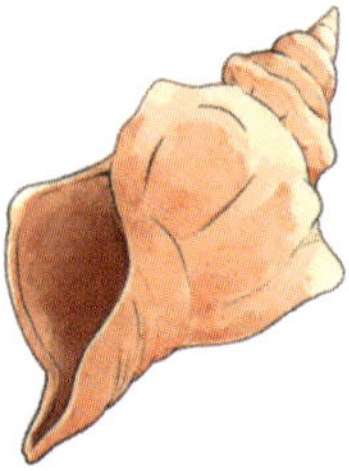

sembrava molto convinta, ma non indagò oltre. Quella sera tutti si stavano divertendo un mondo e non voleva certo guastare la festa alla sua piccola Marine, che sembrava finalmente davvero felice.

Dopo l'ennesimo ballo, Jimmy porse a Candy una coroncina di fiori di campo, dicendole che per quella sera sarebbe stata la principessa delle fate. Mike invece, che non era tipo da coroncine, suonò una canzone. Glitter lo fissava con un po' di nostalgia: un tempo era a lei che dedicava tutte le sue composizioni, ora chissà...

Quella sera però c'era anche chi non si stava divertendo affatto. Claudio, che di solito era l'anima della festa, se ne stava seduto in un angolo, seguendo gli spostamenti di Melanie e Nobu con occhi tristi. Nonno Johnny se ne accorse, lo raggiunse e prendendo posto accanto a lui sospirò: «Eh, l'amore, ragazzo! Ai miei tempi, era una cosa molto più semplice».

«Amore? Le uniche cose di cui sono innamorato sono le torte di nonna Jenny» mentì l'altro, con un sorriso amaro.

«Allora lascia che ti dia un consiglio, ragazzo. Se non corri a prenderle, finiranno!»

Claudio capì cosa voleva dire: se non si fosse dato una mossa, avrebbe perso Melanie per sempre! Riflettendo su quelle parole il giovane si stupì di come quell'anziano signore avesse capito perfettamente la situazione, pur conoscendolo appena.

Poco dopo il volume della musica iniziò a calare. Nonno Johnny si alzò in piedi, raggiunse il grande falò e, con un fischio, diede inizio alle sue storie.

Tutti si raccolsero attorno al fuoco, impazienti di ascoltare. Parlò di amore, di odio, di tragedie di guerra, di pace e di coraggio. Alcuni racconti erano divertenti e buffi, altri molto seri. Quelle storie fecero riflettere parecchio i ragazzi, permettendo loro di apprezzare di più le loro vite: le difficoltà e i problemi che avevano non erano minimamente paragonabili a quelli che aveva vissuto nonno Johnny, eppure lui era lì, forte come una quercia, dedito alla sua famiglia e alla sua terra. I suoi racconti erano carichi di sofferenza, alcuni ricordi lo incupivano, ma poi gli bastava nominare nonna Jenny per emozionarsi. Oh, come gli si illuminavano gli occhi quando parlava di sua moglie!

«È una bella cosa...» sussurrò Candy all'orecchio di Glitter, «non essere la principessa, ma addirittura l'elemento magico della storia!»

"L'elemento magico..." rifletté l'amica. Sì, l'aveva studiato a scuola: era la componente più importante della favola, ciò che consente all'eroe di vincere e sconfiggere il male! Glitter osservò nonna Jenny, seduta su una sedia, con una fetta di crostata fra le mani. Guardava il marito come si guarda un fuoco caldo in una gelida notte d'inverno.

E mentre Candy e Glitter capivano cos'è il vero amore, Marine rimase affascinata da tutto quel passato. Fino ad allora, per lei, era sempre stato un qualcosa da tenere sotto chiave, chiuso in una cantina buia e, se possibile, dimenticato. "Il passato fa male" le ripeteva il padre, che aveva cercato di mantenere l'attenzione della figlia sul presente, senza mai farla voltare indietro.

Ma... anche il passato di nonno Johnny faceva male.

Finite le storie, si spostarono tutti nei campi per guardare le stelle, quella notte il cielo era limpido. Marine, con fare da bambina, si avvicinò timidamente al vecchio.

«Signore...» esordì.

«Chiamami nonno, contessa» la rimproverò affettuosamente lui.

«Nonno, volevo chiederle, ecco... Come fa a parlare così del suo passato? Della parte brutta, intendo: non fa male?» Marine si sentì una sciocca, forse era meglio star zitta...

«Fa molto male» rispose lui, inchiodando i suoi occhi sbiaditi in quelli azzurri di Marine. Quindi, dopo una significativa pausa, aggiunse: «Ma vedi, contessa, se non ricordassi le cose brutte, non potrei rendere onore a quelle belle. Mi fa male pensare al mio migliore amico caduto in guerra, ma sono felice quando penso alla fortuna che ho avuto nell'incontrarlo, a tutto quello che abbiamo passato insieme e a ciò che lui mi ha insegnato. Che razza di persona sarei se lo dimenticassi solo per non voler soffrire?».

Così dicendo, posò la sua pesante mano sulla testa della ragazza e le scompigliò i capelli. Poi la prese sottobraccio e le chiese di raccontargli qualcosa.

Marine si ricordò di quel piccolo germoglio sbocciato dentro di lei grazie al profumo della marmellata di albicocche. Si aggrappò a quel ricordo e pian piano se ne aggiunsero tanti altri: erano le storie della sua infanzia.

7

MARMELLATA, FATICA E AMORE

La primavera era sbocciata. La terra germogliava e fioriva, e da qualche parte una ragazza stava piantando nuovi sogni.

«Zignorina, come mai è già zveglia?» domandò Gertrude, vedendo comparire Marine sulla soglia della cucina. La governante era intenta ad aiutare la mamma di Candy a preparare il cioccolatte per tutti.

Il padre di Candy invece quel giorno stava cucinando i waffle. Vedere un poliziotto in divisa intento a preparare dolci con addosso un grembiulino fru fru per non sporcarsi era uno spettacolo unico.

«Buongiorno» mormorò Marine. Per qualche strana ragione il padre di Candy la metteva sempre in soggezione, anche con quel grembiule addosso.

In cucina regnava una colonna sonora di stoviglie e sfrigolio di padelle, ma tutti si immobilizzarono quando Marine domandò: «Posso... aiutare in qualche modo?».

Gertrude, che da sempre era contraria a far fare le faccende di casa a Marine, notò l'occhiolino lanciatole dalla mamma di Candy e, sospirando, acconsentì. Dopotutto non era più una bambina, e forse escluderla da ogni responsabilità, sia piccola che grande, non le aveva giovato molto.

«Vieni qui, aiutami con la farcitura!» propose subito Charlie. «Sai, a Candy non piace come metto le fragole, dice che non sono bravo

a creare le faccine sorridenti. Lascio a te questo arduo compito.» Quindi passò alla ragazza un grembiule bianco e le diede una pacca sulla spalla.

Marine farciva i waffle con panna, sciroppo d'acero, cioccolata e frutta, creando tante faccine allegre e sorridenti. Mentre guarniva quei dolci, le passò per la testa una strana domanda: se in cucina c'era anche un grembiule bianco e sobrio, perché Charlie aveva scelto proprio quello coi volant? Ebbe la risposta appena Candy, un po' assonnata e coi capelli scompigliati, scese a fare colazione. Appena vide suo padre scoppiò a ridere di gusto insieme a lui: era il loro modo di iniziare bene la giornata.

Durante il tragitto per andare a scuola Marine era taciturna e pensierosa.

«C'è qualcosa che non va?» le chiese Candy.

L'altra accennò un debole «no», ma dopo qualche altro momento di silenzio si decise a rivelare che cosa le passava per la testa. Stava preparando un piano per vendere le marmellate di nonna Jenny, voleva sinceramente aiutare quei due vecchietti, ma per la prima

volta in vita sua temeva di non essere abbastanza brava per riuscire nel suo intento. Bisognava gestire tante cose e lei non sapeva da dove cominciare.

Candy provò a rassicurarla e le suggerì di chiedere aiuto al professore di Economia, che sicuramente sarebbe stato felice di darle una mano.

Appena giunse a scuola Marine corse a cercarlo, e lui, stupito e onorato della curiosità espressa per la sua materia, le consigliò libri di testo e siti web da cui apprendere le prime nozioni. Nelle settimane successive, poi, Marine studiò molto in biblioteca insieme a Daisy, che non avrebbe potuto essere più felice di aiutarla.

***

«E così, vuoi vendere le marmellate di nonna Jenny?» domandò un pomeriggio Melanie, sorseggiando il suo cioccolatte caldo con panna, seduta insieme al resto della Unicorn Squad al solito tavolo della Pasticceria da Alice.

«Sì, ma servirà anche il vostro aiuto» rispose Marine. Poi prese a elencare concitatamente tutto ciò che c'era da fare: foto, volantini, passaparola... Mancavano ancora un sacco di cose! La ragazza era in preda all'agitazione, parlava a macchinetta e continuava a ripetere di aver paura che il suo piano finisse per rivelarsi un grosso fiasco.

«Sai» intervenne Glitter, «non ti facevo così insicura...»

Di colpo tutte la fissarono come se avesse detto una parolaccia.

«Andiamo, ragazze! Lo pensiamo tutte, qualcuno deve pur dirglielo.»

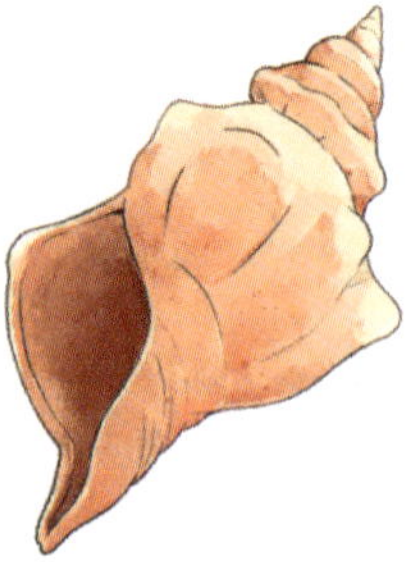

Glitter si pulì i baffi di panna e incrociò le braccia sul tavolo.

«Abbiamo notato che ultimamente hai perso un po' della tua spavalderia.» Un silenzio di tomba scese sul tavolo della Unicorn Squad. «Ai nostri occhi sei sempre stata una forza della natura, ma forse era solo una corazza, firmata e molto costosa. Il nostro affetto per te non dipendeva dai tuoi soldi, e ora che non li hai più ti vogliamo ancora bene e crediamo in te. Continua ad affrontare le sfide a testa alta, come prima e più di prima. Questo piano...» continuò Glitter, puntando il dito verso l'amica, «è tuo! Sei brava, credi in te stessa.»

Le amiche aspettavano una reazione, congelate come stalattiti.

«Hai ragione» scandì infine Marine, alzando lo sguardo. L'altra si sciolse in un sorriso sollevato, iniziava a temere di averla offesa.

«Il fatto è che ho capito di essere la più povera di tutte, e la bancarotta non c'entra niente. Questo mi ha un po'... destabilizzata, ecco.»

Marine spiegò che a casa di Candy aveva capito che le mancava la cosa più importante di tutte: il calore della famiglia. Il padre, infatti, seppur con buone intenzioni, le aveva fatto dimenticare quasi del tutto i momenti felici passati con la madre.

Dopo quella prima confidenza la ragazza decise di raccontare alle amiche anche tutto ciò che aveva ricordato durante la Notte delle Storie Luminose. Assaggiare la marmellata di nonna Jenny le aveva riportato alla mente il ricordo di sua madre: era bella e solare, amava preparare confetture di albicocca e sognava di aprire un ristorante tutto suo. Era di nobile lignaggio, il marito la viziava e non le faceva mancare nulla, e così, dopo qualche tempo, lei aveva finito per abituarsi a quella vita facile e si era dimenticata del suo sogno. Quando la malattia era peggiorata, aveva rimpianto amaramente di non aver nemmeno provato a realizzare i suoi desideri. Marine ricordava che, poco prima di lasciarla, la madre le aveva fatto promettere di coltivare le sue passioni e di farle fiorire, a tutti i costi. Avrebbe dovuto sempre lavorare sodo, a prescindere dal patrimonio di famiglia.

Quando Marine tacque, le amiche la guardavano con gli occhi lucidi. «È un bel ricordo...» affermò Daisy, commossa.

In quel momento carico di emozione la porta della Pasticceria da Alice si spalancò, facendo entrare una ventata di aria frizzantina: nonostante la primavera inoltrata, quel giorno faceva decisamente fresco. Jimmy, Mike, Claudio e Gennarino fecero il loro ingresso, così allegri e sorridenti che mettevano il buonumore solo a guardarli. «Ragazze!» le salutò Gennarino. Poi notò le loro espressioni e commentò, sarcastico: «Che è successo? Vi è andato il frappè di traverso? A tutte? Contemporaneamente?».

Osservandoli, Marine pensò al grande potenziale di quei quattro ragazzi: Mike e Claudio avevano carisma da vendere e la simpatia di Jimmy e Gennarino avrebbe fatto breccia nel cuore della regina delle nevi. «Voi sarete perfetti per il passaparola!» esclamò.

Ma non ebbe nemmeno il tempo di spiegare nel dettaglio il suo piano, che i ragazzi erano già al lavoro per tutta la città!

Claudio attirava l'attenzione dei passanti con il suo sorriso smagliante e Gennarino scandiva con orgoglio lo slogan che aveva appena inventato: «Se forte e bello come lui vuoi diventare, le marmellate di nonna Jenny ti devi pappare!». Mike distribuiva i volantini e Jimmy si dilungava in spiegazioni sull'agricoltura a km 0 e l'impatto ambientale che avevano i prodotti dei campi dei suoi nonni.

«Jimmy mio, non ci siamo!» lo bacchettò a un certo punto Gennarino. «Così fai annoiare i passanti come solo la professoressa Lucrezia in una giornata di pioggia durante una spiegazione di matematica saprebbe fare!» Gli altri scoppiarono a ridere e poi ripresero la loro missione pubblicitaria più determinati che mai.

Nel frattempo, la Unicorn Squad aveva convinto i nonni di Jimmy a seguire il suggerimento di Marine. Le ragazze avevano spiegato loro che il piano non prevedeva di vendere un prodotto per accumulare guadagno. Ricavare denaro con le marmellate di nonna Jenny avrebbe significato avere dei soldi da reinvestire nella fattoria, per esempio assumendo un bracciante che aiutasse nonno Johnny a tempo pieno, acquistando nuovi attrezzi e ristrutturando le parti più pericolanti della casa. Dopo un'attenta riflessione e ancora qualche borbottio diffidente da parte del nonno, i due anziani decisero che quell'idea poteva funzionare e così la settimana seguente allestirono un piccolo stand attrezzato per la vendita. Melanie e Candy si occuparono degli striscioni, Daisy posizionò le confetture con precisione matematica

e Marine e Glitter si dedicarono alla pubblicità sui social.

«Aggeggi infernali» esclamò stizzito nonno Johnny, indicando i telefoni delle ragazze con il suo bastone da passeggio. «Sono buoni solo a bruciarvi il cervello!» Accettare di mettere in piedi il progetto di Marine era un conto, ma avere a che fare con quei gingilli tecnologici, neanche per sogno. E poi era ancora un po' scettico sull'effettiva buona riuscita del piano di Marine: loro erano pronti per vendere, ma se non si fosse presentato nessuno a comprare?

«I social hanno un fantastico potenziale. Se usati nel modo giusto, possono far scoprire alle persone cose nuove e...» provò a spiegare Glitter.

«Sì, come no!» borbottò l'anziano. «Mi ci gioco il cappello che non verrà nessuno!» E, così dicendo, si allontanò verso i campi.

Anche nonna Jenny, già pronta dietro lo stand, non era del tutto convinta, ma cercò di non darlo a vedere per non offendere Marine. Dopotutto, quella ragazza aveva lavorato sodo.

Passò qualche ora...

Un lampo di speranza comparve quando un passante si avvicinò al banco, ma voleva solo informazioni per raggiungere la stazione. Il morale della Unicorn Squad era a terra, e quella che stava peggio era ovviamente Marine. Cosa pensava? Di poter diventare un'imprenditrice nel giro di un mese? Di potersi davvero porre un obiettivo e combinare qualcosa di buono? Lei, che fino ad allora non aveva pensato ad altro che a seguire le influencer e sfogliare riviste di moda...

«Ma certo!» gridò improvvisamente, alzandosi di scatto. «Ho sbagliato tutto: ho aperto il profilo "I dolci ricordi di nonna Jenny", ma non ho pensato che potremmo pubblicizzarli noi!» Le altre la fissarono perplesse.

«Oh, andiamo, ragazze! Nobu scrive di noi da anni, le persone sono interessate a quello che facciamo. Smartphone alla mano e... mangiamo un po' di marmellata!»

Nonna Jenny proprio non capiva perché improvvisamente tutte e cinque si stessero riprendendo con il cellulare mentre gustavano la marmellata esclamando estasiate: «Ma è buonissima!». Erano cose "da giovani" e rinunciò a capirci qualcosa.

Pochi minuti dopo due ragazzine si avvicinarono allo stand. «Mi scusi, signora, possiamo avere anche noi la marmellata che ha provato Candy?»

Nonna Jenny non credeva alle sue orecchie. Di lì a poco il banco si riempì di gente, anche grazie al passaparola degli R-Boys, che iniziava a dare i suoi frutti.

Al primo assaggio tutti impazzirono per quelle confetture e le suggerirono ad altri amici e conoscenti. A fine serata lo stand era vuoto.

«Non posso crederci... abbiamo venduto tutto!» Gli occhi di nonna Jenny brillavano di felicità.

Proprio in quel momento comparve anche Alice: aveva saputo che le marmellate erano state un successo e ne voleva ordinare un bel po' per farcire i suoi cupcake.

Mentre festeggiava con il resto della Unicorn Squad, abbracciando le amiche e saltellando con loro per la gioia, Marine sentì qualcosa caderle sulla testa. Era il cappello di nonno Johnny.

La ragazza alzò lo sguardo verso l'anziano. Negli occhi di lui si leggevano soddisfazione, orgoglio e anche... gratitudine. Sorridendo le disse: «Ottimo lavoro, contessa».

8

LA RICCHEZZA RITROVATA

Tutti gli anni, a primavera inoltrata, Marine aveva l'abitudine di fare il giro delle boutique più alla moda per selezionare gli abiti che voleva. Il padre, sempre pronto ad accontentarla, qualche volta contattava personalmente gli stilisti per farle avere i capi di punta di ogni collezione in anteprima. Ultimamente però Marine era troppo impegnata per pensare alle novità nelle vetrine, e in ogni caso non avrebbe potuto permettersele. Rinunciare alle compere non era un problema, fu un'altra cosa a pesarle in modo particolare...

«Hai visto il nuovo articolo su Cioccolatte&Verità?» le domandò Glitter. Le due ragazze erano appena uscite da scuola e, insieme a Candy, si erano fermate in pasticceria perché quest'ultima aveva assoluto bisogno di un bignè. Marine invece sembrava distratta e non staccava gli occhi dal suo tablet.

«Mmm? No, ho letture più interessanti a cui dedicarmi» rispose, distrattamente.

Candy guardò Glitter e fece spallucce.

«Nobu ha scritto... del Ballo di Primavera» riprese Glitter, in un bisbiglio.

Marine si fermò di colpo. Il Ballo di Primavera era una delle feste più attese e l'avevano sempre organizzato lei e suo padre... quell'anno non ci aveva proprio pensato...

Lesse l'articolo e apprese che un'altra ragazza di Rainbow City sarebbe stata la madrina e organizzatrice della festa. Scoprì anche di essere stata invitata insieme a tutta la Unicorn Squad, il che era piuttosto strano, considerando che le ragazze di Moon Town non le vedevano di buon occhio.

«Vogliono che vada solo per potermi umiliare, ma non darò loro questa soddisfazione. E poi, ho altri progetti!» dichiarò con tono categorico, chiudendo il tablet.

Marine infatti stava organizzando un picnic per festeggiare la bella stagione, e per l'occasione aveva mandato un invito anche a suo padre. Non vedeva l'ora di riabbracciarlo. Ma quel giorno a quanto pareva le brutte notizie facevano a gara ad arrivare. Appena giunte a casa, infatti, la mamma di Candy comunicò a Marine che il signor Seashelle

aveva declinato l'invito. La ragazza, senza dire una parola, uscì di casa e lo chiamò immediatamente.

«No!» urlò, non appena il padre rispose al ricevitore. «Non voglio ascoltare quella che per te è di sicuro una buona scusa. Sarei dovuta restare a casa di Candy per pochi giorni e sono passate settimane, ma non me ne sono mai lamentata. Ti fai sentire sempre meno e...» Si arrestò. Alla finestra vide il padre di Candy intento a indossare il suo grembiule, di lì a poco avrebbe preparato i waffle per la merenda del pomeriggio.

«... E voglio preparare i waffle con te, e dovranno essere i più buoni picnic, o non ti rivolgerò mai più la parola!» Detto questo, staccò la chiamata senza dare al padre il tempo di ribattere. Sapeva che non avrebbe dovuto farlo, ma era davvero arrabbiata per quel comportamento.

Quando rientrò in casa, Charlie le andò incontro. «Mi dai una mano con le decorazioni?» le chiese, armato di panna.

Più lo guardava, con quel suo grembiulino fru fru, e più sentiva la collera ribollire dentro. Gli rispose di no in un modo così stizzito e maleducato che persino Gertrude la rimproverò. Marine allora salì in camera e si lasciò cadere fra i cuscini, abbracciata a un peluche unicorno. Immersa in quella nuvola morbida si sentiva di nuovo bambina. La stanza dell'amica iniziava a piacerle, ora aveva capito perché la teneva così: tornare piccola la faceva stare bene nei momenti difficili.

«Lo sai, vero, che per lui sei una gigantessa che lo sta stritolando fino a togliergli il respiro» A parlare era stata Candy, con lo sguardo rivolto al

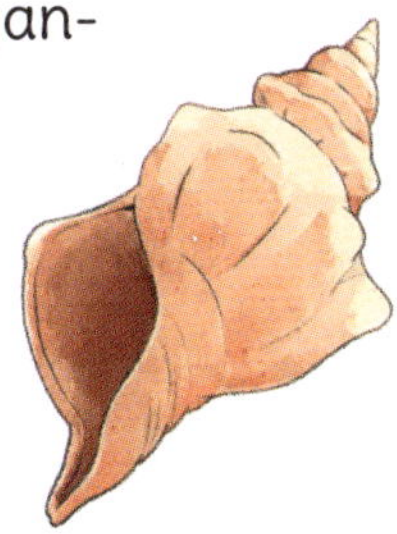

povero unicorno schiacciato nella morsa dell'amica.

«Si è offerto volontario per consolare la sua regina» si giustificò Marine, nascondendo il volto nei cuscini.

L'altra si avvicinò e iniziò ad accarezzarle dolcemente la lunga treccia verde acqua. Il suo fiuto da detective non sbagliava mai, e anche prima che Marine rivelasse alle altre le sue preoccupazioni, Candy aveva capito che era l'argomento "famiglia" a mettere a disagio l'amica. Non ne avevano ancora parlato perché era un discorso molto delicato e lei non sapeva bene come affrontarlo. Marine era sempre stata considerata la più "fortunata" della Unicorn Squad, quella che otteneva sempre tutto ciò che voleva, ma ora Candy sapeva che non era così e, finalmente, lo aveva capito anche la diretta interessata.

«Se vuoi, posso svelarti come funziona il potere di un piccolo unicorno...» propose Candy, guardandosi la punta dei piedi.

Marine fece un cenno d'assenso. L'amica allora sorrise, si sistemò al suo fianco sul letto e iniziò a spiegare: «Devi creare un pensiero felice, devi imprimerlo nella mente come se quella cosa super bellissima fosse già accaduta e devi viverne ogni secondo. Lascia che quel pensiero spazzi via tutti i dubbi e le paure, usalo come arma magica

e vedrai che quel momento immaginario si presenterà anche nella realtà!».

L'altra risorse dai cuscini come uno zombie coi capelli arruffati, chiuse forte le palpebre e iniziò a costruire il suo pensiero felice.

***

Il giorno del picnic a Marine balzò il cuore in gola quando, scendendo le scale, udì la voce di suo padre. E rimase ancora più di stucco quando lo vide indossare un grembiulino simile a quello di Charlie.

«Tu... sei qui, sei davvero qui!» esclamò incredula, mentre correva ad abbracciarlo.

«Dopo la tua telefonata, ho capito che non potevo mancare. Però dovresti proprio spiegarmi come si decorano questi dolci, Charlie non sembra molto contento di quello che ho fatto da solo» rispose lui, mostrandole un piatto con un waffle ridotto decisamente male.

Passarono una splendida giornata, più bella di tutti i balli di primavera messi insieme.

Dopo tante risate, ottimo cibo, l'imbarazzo di Gertrude, che non aveva mai pranzato insieme al signor Seashelle, e le canzoncine di Rosita, la mamma di Candy si cimentò nel raccontare alcuni aneddoti di quando lei e il padre di Marine erano ragazzi...

Sgranocchiando frutta secca, Celeste esclamò: «Ricordi quando la marchesa venne alla tua festa di laurea? Oh, che ridere quella donna, sembra uscita da un ballo dell'Ottocento! Quando la vidi arrivare mi domandai: "Ma va così anche a fare la spesa?"».

Tuttavia, anziché ridere, il padre di Marine si rabbuiò. Candy lo notò e chiese chi fosse questa "marchesa".

Lui trasalì davanti a quella domanda, poi si ricompose e, con tono pacato, ma senza riuscire a mascherare la grande tristezza che provava, svelò che si trattava della marchesa Meraviglia, la madre della sua defunta moglie.

A Marine andò di traverso una nocciolina. Non aveva mai saputo di avere una nonna, o meglio, una nonna ancora viva e vegeta! Come aveva potuto suo padre tenergliela nascosta?! Spiazzata, cercò lo sguardo di

Gertrude, e quando lo incontrò, capì che anche lei sapeva... Sapeva che aveva una nonna e non glielo aveva mai detto!

«Quindi... ho una nonna? Ed è una marchesa? Dove abita? E perché non ne ho mai saputo niente?!» domandò la ragazza, in preda alla confusione. Visto che il padre sembrava intento a cercare la risposta in un cappello magico, Marine rivolse il suo sguardo interrogativo alla mamma di Candy.

«Abita a Colle Regale» rivelò Celeste, «probabilmente ne avete sentito parlare...»

Si trattava di un paese appena fuori Rainbow City. Nessuna delle ragazze della Unicorn Squad ci era mai stata, ma si diceva ci vivessero i veri nobili, che per lo più erano anziani in ritiro nelle loro residenze di lusso.

«A quanto pare c'è gente più ricca della gente più ricca di Rainbow City» commentò Candy, con gli occhi spalancati. Proprio non riusciva a immaginarsi una casa più grande di quella di Marine, o meglio, ci riusciva, ma allora doveva essere un vero castello!

«Sa che siamo in bancarotta?» riprese Marine, rivolta al padre.

«Le hai chiesto aiuto?» Lui si limitò a rispondere con uno sguardo da cane bastonato.

«Non ci posso credere! Avevi la soluzione ai nostri problemi fin da subito!» sbottò la ragazza.

«Marine, tuo padre ha avuto sicuramente le sue buone ragioni per non chiederle aiuto» intervenne Charlie.

«Mio padre...» ribatté Marine, guardandolo fisso negli occhi «vorrebbe cancellare mia madre e tutto ciò che la riguarda dalla nostra vita, ma non può. Mia madre è morta, ma c'è stata, e potrebbe vivere nei nostri ricordi se lui lo permettesse!»

Un silenzio di tomba calò sul gruppo. Persino Rosita aveva smesso di sgranocchiare caramelle. Tutti si sarebbero aspettati una reazione furiosa da parte del signor Seashelle, invece dopo un lungo silenzio lui si scusò con la figlia, la strinse in un fortissimo abbraccio e, tra le lacrime, le sussurrò all'orecchio che era orgoglioso della splendida donna che stava diventando.

Alla fine, insieme, padre e figlia decisero che avrebbero provato a riconciliarsi con la marchesa Meraviglia.

Questo proposito andava oltre ogni più roseo e unicornoso pensiero felice di Marine. Quando passava il tempo alla fattoria, infatti, si era spesso sorpresa a desiderare di avere una "nonna Jenny" nella sua vita.

«Spero che Marine non si lasci prendere troppo dall'eccitazione...» bisbigliò Celeste, mentre rassettava gli avanzi del picnic.

«Perché?» domandò Candy.

«La marchesa Meraviglia è tutto l'opposto di nonna Jenny...»

9

LA MARCHESA MERAVIGLIA

Tutta la Unicorn Squad era in ansia per Marine. Quella mattina il signor Seashelle era passato a prenderla per andare dalla marchesa Meraviglia.

Negli ultimi giorni tanti tasselli del passato della ragazza erano tornati al loro posto e ora le amiche riuscivano a vedere il quadro completo della situazione. Sua madre era morta quando lei era ancora molto piccola e, per proteggerla dalla sofferenza, il padre aveva pensato che sarebbe stato meglio non parlare mai più della moglie. Per lo meno era ciò che credeva, ma, come gli aveva fatto capire sua figlia, le persone non si possono cancellare dalla memoria, soprattutto quelle importanti. Questo però lo comprendeva solo ora. All'epoca, proseguendo testardamente nelle sue convinzioni, aveva allontanato Marine anche dalla nonna, poiché troppo legata a quel triste ricordo.

«Il signor Seashelle non si è comportato proprio nel migliore dei modi» commentò Melanie, mentre intrecciava delle margheritine, seduta sul prato. «Come puoi dimenticarti di tua moglie?»

«Non l'ha dimenticata, è una cosa impossibile! Cercava solo di non pensarci perché il suo ricordo lo faceva stare male. Non so, a me tutta la faccenda fa pensare che l'amasse davvero tanto» rispose Glitter. Quindi si soffermò ad ammirare la creazione dell'amica. «La tua coroncina di margherite è meravigliosa, la mia invece sembra sia stata rigurgitata da un goblin» osservò, mostrando un ammasso informe di fiori.

Melanie allora si avvicinò all'amica per spiegarle la sua tecnica, ma non fece nemmeno in tempo a finire il primo passaggio che Glitter si ritrovò con la faccia nelle margherite: qual-

cosa l'aveva colpita alla testa! Quando si rialzò, ancora dolorante, vide davanti a sé Mike, Jimmy e Gennarino che stavano giocando a pallone.

«Chi è stato?» domandò, avanzando verso i ragazzi come una furia.

«Scusaci, Glitter, non lo abbiamo fatto apposta! Ti offriremo tutti un bel frappè per farci perdonare! Come stanno le margherite?» disse Gennarino.

«Mi avete tirato un pallone in testa e chiedete delle margherite?!»

Ma Glitter non fece in tempo ad arrabbiarsi ancora di più perché vide un'altra pallonata sfrecciare verso di lei. La schivò per un pelo, ma per evitarla inciampò nei suoi stessi piedi e finì nuovamente con la faccia nelle margherite.

Candy si avvicinò con passo deciso. «Glitter, forza, lascia perdere i fiori e facciamo vedere agli R-Boys di che pasta siamo fatte!»

Melanie si alzò dal prato, Daisy chiuse il libro che stava leggendo e la partita ebbe inizio. Le ragazze non se la cavavano affatto male: Glitter era in porta e voleva vendicarsi a tutti i costi della pallonata: era decisissima a non far segnare nemmeno un goal agli R-Boys. Candy e Daisy avevano una sinergia unica in campo e scartarono i ragazzi come si scartano i cioccolatini. Melanie, agguerritissima come sempre, segnò due reti a Claudio, forse troppo distratto da lei per poter pensare alla palla. Ma la partita cessò di colpo quando videro avvicinarsi Nobu...

Il blogger più seguito di Rainbow City non era un cattivo ragazzo, ma non era mai andato molto a genio agli R-Boys, e la sua unica amica lì era Melanie.

«Buongiorno» salutò il nuovo arrivato. «Avete notizie di Marine? Di solito aspetto di ricevere qualche soffiata, ma...» La sua voce era gentile e lasciava trapelare un po' di nervosismo.

«"Ma" cosa? Non vedi l'ora di scrivere un altro scoop? Hai proprio una bella faccia tosta» lo rimbeccò Claudio, guadagnandosi un'occhiata di rimprovero da Melanie. Lui più di tutti non sopportava Nobu.

«Sono solo preoccupato per lei» precisò il blogger. Poi aggiunse: «È venuta da me a chiedere informazioni su sua nonna, volevo sapere se le fossero state d'aiuto, tutto qui...». Quindi fece per andarsene, le mani ben salde nelle tasche dei pantaloni.

«E tu che cosa sai di sua nonna?» indagò a quel punto Candy, con fare da detective.

Davanti a quella domanda a bruciapelo, Nobu decise di raccontare ciò che sapeva. Svelò che la marchesa Meraviglia era una donna molto anziana, che viveva da sola e che la si poteva vedere ogni

mattina passeggiare per i signorili viali di Colle Regale con i suoi due levrieri, Ruby e Perla.

«Ruby non mi sembra proprio un nome da levriero, mi fa pensare più a un chihuahua» commentò Claudio.

«Be', anche il nome "Claudio" mi fa pensare a una persona elegante e matura, eppure...» rilanciò Daisy.

Il giovane giornalista ignorò il battibecco e continuò con informazioni decisamente più interessanti...

A quanto pareva la marchesa era una grande fan di Cioccolatte&Verità. Non ne capiva molto di tecnologia, ma quel blog era l'unico mezzo che aveva per tenersi informata sulla vita della nipote.

«E tu come lo sai?» domandò secco Mike.

«Lo so perché mi ha contattato appena ha saputo della bancarotta. Voleva che l'aggiornassi in modo dettagliato su Marine, per questo sono venuto alla Notte delle Storie Luminose» rivelò Nobu.

«E perché non ha contattato direttamente una di noi?» chiese allora Glitter.

«Non lo so. Forse voleva affidarsi a qualcuno che sapesse mantenere un segreto» la punzecchiò Nobu.

«Ah, e ha ben pensato di rivolgersi a quello che i segreti li spiattella in giro?» intervenne Claudio, con un sorriso sarcastico.

«Senti, il mio blog funziona grazie alle soffiate di tutti voi e...»

Ma Candy non lasciò all'altro il tempo di reagire alla provocazione. Era decisa ad approfondire la questione e sollecitò Nobu a continuare.

Il ragazzo allora riprese la sua storia, raccontando che quando Marine aveva saputo che la nonna si informava sul suo conto, ne era stata felicissima. Questo per lei poteva significare solo una cosa: che le importava della famiglia e che l'avrebbe aiutata. Nobu però non era della stessa opinione. Per quel che ne sapeva, la marchesa Meraviglia era una nobile vecchio stampo, molto rigida e molto legata alle tradizioni. Aveva frequentato il collegio femminile Le Cinque Perle, a cui aveva poi mandato anche la mamma di Marine, e disprezzava profondamente Sun Town e tutti i suoi abitanti. Magari l'avrebbe aiutata economicamente, ma a quali condizioni?

Quando Nobu finì di parlare, sul gruppetto scese il silenzio. Poi Glitter diede timidamente voce al pensiero che si stava insinuando nella mente di tutti: «Questo secondo voi vuol dire che se la marchesa la aiuterà, Marine sarà costretta a cambiare completamente vita? Che non potrà più frequentarci?».

«Certo che no!» la tranquillizzò subito Candy, con il suo solito ottimismo. «Non accetterebbe mai una cosa del genere. Forse prima avrei avuto qualche dubbio, ma ora no: è cambiata moltissimo in queste ultime settimane, per lei il prestigio e i soldi contano sempre meno!»

«Però è vero anche che la marchesa potrebbe renderla la vera reginetta di

Rainbow City, e sappiamo benissimo quanto l'idea possa allettare Marine...»

Le parole di Nobu si fecero strada come un brivido dopo una ventata gelida.

* * *

Il signor Seashelle e la figlia erano in attesa davanti alla porta. Più si guardava intorno e più a Marine sembrava di essere finita sul set di un film in costume, uno di quelli in cui ci sono dame ingioiellate dalla testa ai piedi, strette in corsetti finemente ricamati, che camminano agitando ventagli anche quando non servono.

L'anziana che li accolse era esattamente come i personaggi di quei film. Sedeva su un divanetto di velluto verde petrolio e aveva la schiena drittissima, il collo adorno di un gigantesco medaglione e il naso pronto ad arricciarsi al primo sentore di povertà. Era intenta a versare del tè in eleganti tazze di porcellana che somigliavano molto a quelle che Marine aveva usato da piccola per giocare con le bambole.

Senza staccare gli occhi dalla teiera, alzò una mano rugosa e rivolse un cenno ai visitatori, indicando loro la poltrona.

Si accomodarono. La marchesa ancora non li degnava di uno sguardo. Marine diede un'occhiata intorno: la carta da parati era antica ma ben tenuta, impreziosita da una sofisticata decorazione di piante e animali esotici. I mobili erano in ebano, intagliati con motivi floreali e le vetrine traboccavano di calici di cristallo, vasi cinesi e ceramiche finemente decorate. Nell'aria aleggiava un odore di gelsomino: era piacevole, ma forse un po' troppo intenso, pensò la ragazza.

«Buongiorno, marchesa. È molto tempo che non ci vediamo...» esordì il signor Seashelle.

Ma l'altra lo interruppe bruscamente con un gesto della mano. «Ti aiuterò, Matteo» disse, continuando a fissare il servizio da tè. «Scrivi su quel foglio la somma necessaria a rimettere in piedi la tua impresa e riprenderti la casa e l'avrai, domani stesso.»

«A quali condizioni? Perché immagino che...» ribatté timidamente l'uomo. Ma la mano della marchesa si alzò nuovamente per interromperlo. Il merletto del polsino le ricadeva sul braccio come spuma di mare.

«Sai che non sono d'accordo su come hai cresciuto mia nipote. Tua figlia dovrà frequentare il collegio Le Cinque Perle e fare il suo debutto in società entro l'anno» dichiarò, con fare perentorio.

Marine aveva sempre sognato il suo debutto in società, un evento rivolto solo alle figlie di famiglie ricchissime, per non parlare di quel prestigioso collegio! Quanto aveva invidiato le ragazze che lo frequentavano...

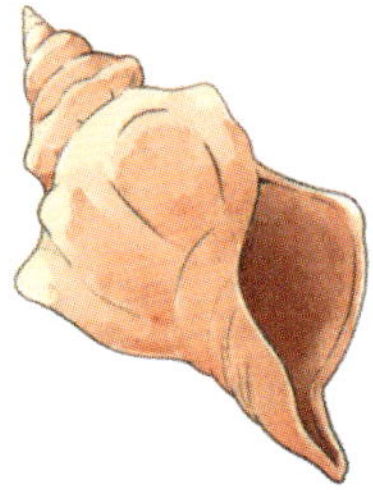

A un tratto capì perché il padre l'aveva iscritta alla scuola di Moon Town: era parte del piano per evitare che Marine ricordasse la madre. Anche lei, infatti, aveva studiato alle Cinque Perle e sicuramente i professori se ne ricordavano. Se Marine fosse andata in quella scuola non sarebbe stato possibile proteggerla dal passato...

Mentre rifletteva su queste cose, la marchesa aggiunse, con voce gelida: «Oh, e un'ultima cosa: Marine dovrà cambiare le sue amicizie...».

10

È TUTTO ORO QUEL CHE AMORE DÀ

La Unicorn Squad si riunì a casa di Candy non appena seppe del ritorno di Marine da Colle Regale.

Dopo la chiacchierata con Nobu le ragazze erano molto preoccupate: avrebbero perso una delle loro più care amiche? Dopotutto non potevano costringerla a fare una vita che non le piaceva: per quanto stare a Sun Town le avesse fatto bene, era palese che le mancassero le comodità a cui era abituata.

Si trovavano tutte nella camera di Candy, circondate da unicorni e arcobaleni.

«Quindi? Dobbiamo chiedertelo in ginocchio?» domandò Daisy spazientita, dopo un lungo silenzio.

Tutte aspettavano la risposta. Candy era rannicchiata in mezzo ai peluche unicorno e stringeva il suo preferito fra le braccia. Melanie fissava Marine con aria quasi di sfida, come se quella fosse la prova definitiva della loro amicizia, mentre nella mente di Glitter si stava già proiettando il triste film della loro separazione.

«Oh, insomma! Sarai ancora nostra amica oppure no? Diccelo e basta!» sbottò Daisy, sempre più agitata. L'altra la fissò sbalordita, come se qualcuno l'avesse appena svegliata. Poi capì.

«Voi... avete pensato che vi avrei lasciate per andare a Colle Regale?» domandò, incredula. Le amiche annuirono in tutta sincerità.

«Be', no di certo! Non nego che la marchesa me l'abbia proposto, ma io e papà abbiamo rifiutato e proprio per questo lei non ci aiuterà, ma non ci importa! È una gran maleducata, altro che aristocratica!» Detto ciò, come a sottolineare la

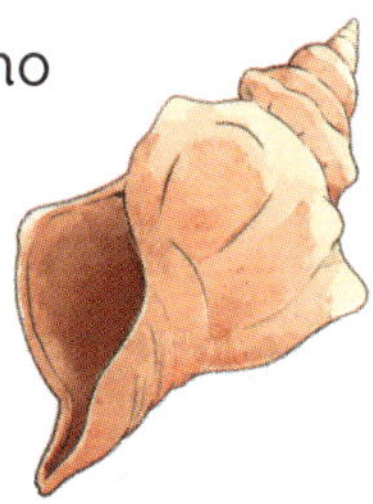

sua risolutezza, scostò una ciocca di capelli, facendola scintillare alla luce del tramonto.

Era andata proprio così. Non appena la marchesa aveva posto le sue condizioni, Marine aveva raccolto tutto il suo coraggio e aveva ribattuto dicendo: "Signora, con tutto il rispetto, lei è una delle persone più maleducate che abbia mai incontrato! I miei amici sono molto più 'signori' di lei, almeno conoscono le basi della buona educazione, lei invece si ostina a non guardarmi nemmeno negli occhi quando mi parla. Non ci vediamo da anni e tutto quello che riesce a fare è impormi obblighi e divieti sui miei studi e le mie amicizie. Quindi mi spiace, ma ho troppo rispetto per me stessa per perdere tempo con persone che credono di essere migliori degli altri".

Il padre, nel sentirla, era rimasto scioccato e alla marchesa per poco non era andato di traverso il tè.

Anche le sue amiche rimasero di sasso, Glitter più di tutte. E pensare che una volta Marine avrebbe fatto carte false per entrare alle Cinque Perle! Furono tutte talmente fiere di lei che si precipitarono contemporaneamente ad abbracciarla, sprofondando nella nuvola soffice di unicorni.

***

Una volta presa la decisione di rinunciare all'aiuto della marchesa, Marine aveva insistito affinché il padre trovasse un altro lavoro, e visto che a nonno Johnny

serviva una mano... Certo era un'occupazione ben diversa da quella a cui era abituato, ma da qualche parte bisognava pur ripartire, e ormai padre e figlia stavano abbandonando l'idea di tornare alla vita di prima.

A dispetto dei timori di Marine, il nonno fu felice di accogliere il signor Seashelle, che aveva già avanzato delle ottime proposte per gestire i ricavi e gli investimenti della fattoria. Gertrude invece di lì a poco avrebbe fatto da governante in un'altra famiglia. Era doloroso, ma doveva guadagnarsi da vivere, e aveva già fatto più del necessario per loro.

«Zignorina Marine...» disse, con i piccoli occhietti vispi bagnati di lacrime, «zperavo di poterle rimanere accanto per zempre...»

La ragazza la abbracciò, non c'era bisogno di dire altro. Anche a lei sarebbe mancata da morire Gertrude: era quanto di più vicino a una mamma avesse mai avuto.

Quella mattina, mentre nonno Johnny e il signor Seashelle prendevano accordi per la loro collaborazione alla fattoria, Glitter, Candy e Marine andarono in cucina ad aiutare nonna Jenny, che stava preparando delle crostate alla crema di nocciole.

Un delizioso profumo di pastafrolla riempiva la cucina e Birillo saltellava allegro intorno alla tavola. Le ragazze si diedero subito da fare con impasti e farciture e la nonna promise loro un po' di crostata da portare a scuola per la merenda del giorno dopo.

Improvvisamente, Jimmy entrò di corsa in cucina. «Scusate, ragazze, fuori dal cancello c'è una cosplayer che chiede di vedere Marine, ma non vuole entrare. Sono corso subito qui perché temevo potesse suonarmi il suo bastone in testa se non l'avessi accontentata!» spiegò, affannato.

Nonna Jenny sbirciò velocemente dalla finestra e vide una figura in costume ottocentesco che stava dritta in piedi fuori dal cancello. Poi puntò il matterello che aveva in mano verso il nipote ed esclamò: «Marine mi serve qui, qualunque cosa sia una cosplayer, dille che entri in casa!».

Jimmy non avrebbe voluto contraddire la strana donna che aspettava nella via, ma tantomeno sua nonna, a maggior

ragione quando impugnava il matterello in quel modo. Così corse di nuovo in giardino.

«Forse stanno organizzando un evento in costume, e vogliono le vostre marmellate per la pubblicità!» ipotizzò Glitter.

Poco dopo nella cucina entrò un'anziana donna, portava un minuscolo e raffinato cappellino in equilibrio sulla chioma argentea e un lungo abito di velluto. Sulle spalle sfoggiava una stola di pelliccia che fece storcere il naso a Candy e Jimmy: speravano con tutto il cuore che non fosse vera. La donna si guardò intorno con aria contrariata. Anche se molto anziani, i suoi occhi brillavano come due zaffiri che si abbinavano perfettamente alle pietre scintillanti degli orecchini. Il suo sguardo guizzava per tutta la cucina e le sottili labbra raggrinzite si muovevano in smorfie che la donna non provava nemmeno a nascondere. Dopo aver scrutato ogni angolo si soffermò su nonna Jenny, squadrandola dalla testa ai piedi.

«Buongiorno, sono la marchesa Meraviglia di Colle Regale, decima discendente della...» esordì, ma non fece in tempo a elencare tutti i suoi

illustri antenati perché fu bruscamente interrotta da Birillo, che si era avventato sul suo bastone e aveva preso a mordicchiarlo per gioco. Senza perdere un secondo Marine intervenne richiamandolo all'ordine, e il cane obbedì subito.

«Sei brava a farti valere» osservò la marchesa, aggiustandosi qualche ciocca di capelli che per lo spavento le era sfuggita all'acconciatura.

Marine ignorò quel complimento e procedette con le presentazioni. «Lei è nonna Jenny, il ragazzo che l'ha accolta al cancello è suo nipote Jimmy e loro sono le mie due migliori amiche, Glitter e Candy. Ma sa, sono tutti di Sun Town, quindi probabilmente non sono degni di scambiare nemmeno un saluto con...»

«Marine! Non parlare in questo modo a tua nonna!» la interruppe nonna Jenny, questa volta agitando minacciosamente il matterello verso di lei. Le ragazze le avevano raccontato della marchesa e lei aveva capito chi era fin dal primo istante.

Marine incrociò le braccia sbuffando e la cucina piombò in un silenzio imbarazzante.

Per sciogliere la tensione nonna Jenny porse alla marchesa un grembiule e un cucchiaino di marmellata e disse: «Ecco, tenga, ci serviva proprio una mano. Stavo giusto preparando delle torte per le ragazze, da portare a scuola al posto di quelle orrende merende confezionate. Venga, assaggi questa...».

La marchesa sgranò gli occhi e afferrò il grembiule come se fosse arrivato direttamente da Marte. Candy

e Glitter notarono nella sua smorfia un'inconfondibile somiglianza con Marine.

«Quello... serve per non sporcarsi...» precisò Candy, cercando di essere d'aiuto.

«So a cosa serve, signorina Carmela» la liquidò la marchesa.

«Si chiama Candy!» esclamò Marine. Era certa che sua nonna non avrebbe mai e poi mai accettato la proposta, eppure la vide passare il suo bastone a Jimmy, dicendo: «Tieni, ragazzo. Abbine cura, era del mio defunto marito». Quindi allacciò il grembiule: sembrava uscita da uno spettacolo comico mal riuscito.

Si avvicinò alla tavola e assaggiò la marmellata che le porgeva nonna Jenny. Immediatamente Marine riconobbe l'espressione di quando anche lei l'aveva assaggiata per la prima volta. Possibile che avesse ricordato la mamma anche a lei?

Candy iniziò a pensare che in quelle marmellate nonna Jenny aggiungesse un ingrediente segreto, ovviamente magico, perché dopo averla provata, la marchesa allargò le labbra in un dolcissimo sorriso che fino ad allora nessuno avrebbe creduto fosse in grado di

fare. Sotto lo sguardo sbigottito delle amiche e di Jimmy, le due anziane trascorsero tutto il pomeriggio a sfornare torte e battibeccare amichevolmente, e fu così che scoprirono che anche la marchesa era un'appassionata di pasticceria e si dilettava a cucinare dolci alla marmellata. Quando ormai era scesa la sera, la marchesa e Marine si ritrovarono in giardino, finalmente sole.

«Verserò tutti i soldi a tuo padre» esordì l'anziana, «ho parlato con lui: abbiamo chiarito un bel po' di cose e mi ha detto di voler investire proprio in questa fattoria. All'inizio pensavo fosse impazzito, per questo sono venuta qui oggi, per capire che cosa avesse questo posto di tanto speciale. All'inizio non volevo nemmeno entrare, vedendo lo stato pietoso in cui versavano la casa e il giardino... Ma dopo aver assaggiato quella marmellata... Deve averla provata anche tuo padre, sai, è proprio come la faceva la tua mamma...» Detto ciò, la marchesa alzò gli occhi al cielo trapuntato di stelle per ricacciare indietro le lacrime. Marine non sapeva cosa dire...

«Non capisco, marchesa. L'ho trattata malissimo, e in casa sua per di più...» fece notare la ragazza.

Ma l'altra la interruppe alzando una mano. Evidentemente amava zittire le persone in quel modo. Poi, con tono più dolce, riprese: «Chiamami nonna, per favore, e dammi del tu. Siamo di nuovo una famiglia, adesso, ed è solo grazie a te. Tu meriti di più di quel collegio,

nipote mia. Ho saputo che ti stai appassionando all'economia, è una buona cosa, brava! Conosco degli ottimi professori che potrebbero darti lezioni private...».

Passarono ore a parlare di progetti futuri, e presto le raggiunse anche il signor Seashelle con tre belle tazze di tè.

Guardando le stelle Marine non poté fare a meno di sospirare e assaporare fino in fondo quel momento: ora sì che si sentiva ricca, e non era certo grazie ai soldi di sua nonna. Era ricca di amore, di amicizia, di speranze e di nuovi sogni da coltivare...

EPILOGO

Buon Cioccolatte a tutti!

So cosa vi state chiedendo in questi giorni: chi è quella buffa signora che se ne va in giro in abiti antiquati, ingioiellata dalla testa ai piedi? È la nonna della nostra cara Marine! Una queen come lei non poteva che avere una nonna aristocratica, non credete?

E che bella è la nuova casa della famiglia Seashelle? Una scelta che mi ha sorpreso: più piccola della precedente, ma con un giardino più grande dove giurerei di aver visto... un orto! Marine lo cura tutti i giorni con l'aiuto di Gertrude, che è tornata al servizio della famiglia con grande zelo e gioia.

"I ricordi di nonna Jenny", ovvero le ormai famosissime marmellate che stanno riempiendo le credenze di tutta Rainbow City, vanno a gonfie vele. Coi ricavi i nonni di Jimmy hanno acquistato macchinari all'avanguardia e pare proprio che la schiena di nonno Johnny stia molto meglio... anche grazie alle sedute di massaggi che fa insieme a Marine!

Ma la novità delle novità è che Marine è alle prese con lo studio! Oh, sì, lo so, stentate a crederci, ma ehi, sapete che non mento mai: si è appassionata all'economia e non fa che seguire corsi pomeridiani con i migliori economisti di Rainbow City! Ovviamente anche Daisy si è unita a queste sessioni di studio, non poteva certo perdersi delle lezioni private! Lei in realtà vuole diventare astronoma, ma la conosciamo: ha fame continua di conoscenza.

La marchesa Meraviglia ha svelato alla nipote tantissime cose sul conto della madre, tra cui una particolare passione per le peonie, tanto che ora Marine le sta piantando per tutto il giardino.

Lasciare andare una persona cara non è mai facile, superare il dolore che si prova nel ricordarla lo è ancora meno. Ma ora che nonna Meraviglia, Marine e suo padre parlano spesso della mamma di Marine, non è come se lo aspettavano: certo fa male, ma li rende anche felici il pensiero di aver potuto incontrare e amare una persona tanto speciale.

La Unicorn Squad è quindi salva ancora una volta! Nemmeno la prospettiva di un collegio prestigioso per Marine è riuscita a dividerle e Candy, anche se non lo ammetterà mai, è felice di essersi riappropriata della sua stanza e di non farsi più carico delle faccende domestiche dell'amica.

A me piace molto la nuova Marine. Chissà, forse questa sua voglia di fare c'è sempre stata, era solo nascosta da strati di superficialità che non le appartenevano poi così tanto.

XOXO
Cioccolatte&Verità

P.S.: Ho uno scoop enorme fra le mani che riguarda la ragazza più riservata e saggia della Unicorn Squad! È una cosa che nessuno si sarebbe mai aspettato... ma questa è un'altra storia!

INDICE

Finito di stampare nel mese di aprile 2022
presso Centro Poligrafico Milano S.p.A. – Casarile (MI)

Printed in Italy